TEODOR AUBANEL

LI FIHO
d'Avignoun

PARIS

LIBRARIÉ PARISENCO NOUVELLO

ALBERT SAVINE. ÉDITOUR

12, Carriero di Piramido, 12

1891

THÉODORE AUBANEL

LES FILLES
d'Avignon

PARIS
NOUVELLE LIBRAIRIE PARISIENNE
ALBERT SAVINE, ÉDITEUR
12, Rue des Pyramides, 12

1891

Lou jour que Frederi Mistral fuguè re-
çaupu de l'Acadèmi de Marsiho, en presènci
d'uno assemblado ounte « la Capitalo de
l'Empèri dóu soulèu » avié coungrega, dins
uno salo que s'atrouvè·ncaro trop estrecho
emai fuguèsse grando, tout ço qu'avié de mai
requiste. — noste bèu Frederi Mistral prenguè
pèr tèmo de soun discours d'intrado l'eloge
de Teodor Aubanel, qu'èro mort. pecaire !
l'annado d'avans.

E vès-eici coume lou Mèstre espliquè la
resoun que l'avié decida de veni tant super-
bamen glourifica davans l'Acadèmi de Marsiho
lou Felibre de la Mióugrano :

« E aro, en acabant aquesto charradisso
« ounte ai vist belugueja lis amistóusi far-
« fantello de moun passat fugènt, fau, Mes-
« siés, que vous lou digue : vès, se m'es esta
« dous, se m'es vengu à biais de faire lis
« ounour d'aquèsto fèsto literàri à l'en-
« raiounado glòri de Teodor Aubanel, es per-
« ço-que, Messiés, éu-meme lou pouèto de la
« *Mióugrano entre-duberto* sèmblo avé coun-
« fisa lou siuen de sa memòri à l'Acadèmi Mar-
« siheso.

« En efèt, es un mèmbre de l'Acadèmi de
« Marsiho, noste eminènt counfraire e ami de
« jouinesso Ludòvi Legré, que Teodor Au-
« banel a carga pèr testamen d'estampa l'edi-
« cioun definitivo de sis obro. »

Lou vièi coumpan, en quau fuguè temou-
niado uno fisanço que lou rènd justamen fièr,
vai aro coumença de coumpli de soun miéus
la supremo voulounta de soun ilustre ami, en
dounant au publi « li Fiho d'Avignoun. »
Aquéu libre, pau de tèms avans de mouri,

Aubanel l'avié éu-meme alesti; mai coume voulié n'en reserva la primour « rèn que pèr lis ami », avié fa empremi tout-bèu-just lou noumbre d'eisemplàri que coumtavo semoundre en cadun de sis ami, — o d'aquéli que cresié tau.

Quand la negro mort, bèn avans l'ouro, venguè sega lou grand pouèto de l'amour, la destribucioun di *Fiho d'Avignoun* èro pancaro acabado, e fuguè dóu cop interroumpudo.

L'edicioun que fasèn parèisse au-jour-d'uei, coumpletamen pariero à-n-aquelo qu'Aubanel adoubè de soun vivènt, pòu adounc èstre regardado commè uno edicioun proumiero.

Lcdòvi LEGRÉ.

PREFÀCI

LOU CAPITÀNI GRÈ

Un capitàni grè que pourtavo curasso,
Dóu tèms de Barbo-rousso, es esta moun aujòu ;
Cercant lis estramas, ébri dóu chaplachòu
Dis armo, ferre au poung cridavo : Arrasso !
                                        arrasso !

Pèsto, lioun, sablas, famino, dardai fòu,
Avié tout afrounta ! Li loup, li tartarasso
Seguissien trefouli sa cavalo negrasso,
Car sabien que i'aurié de mort un terro-sòu.

Vint an chaplè li Turc, raubè li Sarrasino ;
Soun espaso au soulèu lusissié cremesino,
Quand sus li Maugrabin passavo coume un flèu,

A grand galop, terrible, indoumtable, ferouge !..
D'aqui vèn que, pèr fes, de sang moun vers
                                        es rouge :
Tire d'éu moun amour di femo e dóu soulèu.

LE CAPITAINE GREC

———

Un capitaine grec qui portait cuirasse, du temps de Barberousse, a été mon aïeul; grand chercheur d'aventures, s'enivrant du fracas des armes, fer au poing il criait : Gare devant!

Peste, lions, sables immenses du désert, famine, rayons brûlants, il avait tout affronté. Les loups et les vautours suivaient tout réjouis sa cavale noire, sachant qu'il y aurait de morts belle jonchée.

Vingt ans il tailla les Turcs, il enleva les Sarrasines; son épée au soleil reluisait cramoisie, quand sur les Maugrabins il passait comme un fléau,

Au grand galop, terrible, indomptable, farouche!... De là vient que parfois mon vers de sang est rouge : je tire de lui mon amour des femmes et du soleil.

LI FIHO

D'AVIGNOUN

LA VENUS D'AVIGNOUN

A PROUSPÈR IVAREN

Sis iue d'enfant. founs e verdau.
Si grands iue pur vous dison : Dau!
Un pau risènto, un pau mouqueto,
Tèndri, se duerbon si bouqueto;
Si dènt, pu blanco que lou la,
Brihon... Chut! qu'arribo : vès-la!
Tout-just s'a quinge an, la chatouno.

Passes plus, que me fas mouri,
O laisso-me te devouri
    De poutouno!

LES FILLES

D'AVIGNON

LA VÉNUS D'AVIGNON

À PROSPER YVAREN

Ses yeux d'enfant, profonds et verts. ses grands
yeux purs vous disent : Va ! Un peu souriantes.
un peu boudeuses, tendres. ses lèvres s'entr'ou-
vrent ; ses dents, plus blanches que le lait. bril-
lent.... Chut ! elle arrive : Voyez-la ! Elle a quinze
ans à peine, la jeune fille.

Ne passe plus, car tu me fais mourir, ou laisse-
moi te dévorer de baisers !

Arrage, soun péu negrinèu
S'estroupo à trenello, en anèu;
Un velout cremesin l'estaco:
Fouita dóu vènt, de rouge taco
Sa caro bruno e soun còu nus :
Dirias qu'es lou sang de Venus,
Aquéu riban de la chatouno.

Passes plus, que me fas mouri,
    laisso-me te devouri
       De poutouno !

Oh! quau me levara la set
De la chato?... A ges de courset :
Sa raubo, fièro e sèns ple, molo
Soun jouine sen que noun tremolo
Quand marcho, mai s'arredounis
Tant ferme, que subran fernis
Voste cor davans la chatouno.

Passes plus, que me fas mouri,
O laisso-me te devouri
       De poutouno !

Vagabonde, sa chevelure noire se retrousse en torsades, en boucles ; un velours cramoisi l'attache : fouetté par le vent, il tache de rouge son visage brun et son cou nu : on dirait le sang de Vénus, ce ruban de la jeune fille.

Ne passe plus, car tu me fais mourir, ou laisse-moi te dévorer de baisers.

Oh ! qui m'ôtera la soif de la jeune fille ?.... Elle n'a point de corset : sa robe, fière et sans plis, moule son jeune sein qui ne tremble pas quand elle marche, mais s'arrondit si ferme, que soudain frémit votre cœur devant la jeune fille.

Ne passe plus, car tu me fais mourir, ou laisse-moi te dévorer de baisers.

Camino, e la creirias voulant :
Souto la gràci e lou balans
Dóu fres coutihoun, se devino
Anco ardido e cambo divino.
Tout soun cors ufanous enfin :
Mais se vèi que si petoun fin
E si caviho de chatouno.

Passes plus, que me fas mouri,
O laisso-me te devouri
    De poutouno!

A moun còu, si bèu bras tant dous,
Li crousèsse un jour tónti dous!
Sa man porto panca la bago :
Pòu veni, lou nòvi que pago
Emé castèu, diamant, tresor.
L'embandis! Vòu liga soun sort
Em'un fiéu d'amour, la chatouno.

Passes plus, que me fas mouri,
O laisso-me te devouri
    De poutouno!

Elle marche, et vous croiriez qu'elle vole : sous la grâce et le balancement de la fraiche jupe, on devine hanche hardie et jambes divines, tout son corps triomphant, enfin ; mais on ne voit que ses fins petits piéds et ses chevilles de jeune fille.

Ne passe plus, car tu me fais mourir, ou laisse-moi te dévorer de baisers.

A mon cou, ses beaux bras si doux, puisse-t-elle un jour les croiser tous les deux ! Sa main ne porte pas encore la bague : il peut venir, le fiancé qui paye avec châteaux, diamants, trésors, elle le chasse ! Elle veut lier son sort avec un fil d'amour, la jeune fille !

Ne passe plus, car tu me fais mourir, ou laisse-moi te dévorer de baisers.

1.

Aièr, perqué, davans l'oustau,
Me jitères un regard tau
Que n'en brule la fèbre encaro?
Viro d'alin, viro ta caro
Sus la paret, quand siés vers iéu;
Coume la flamo dóu fusiéu,
Tis iue m'esbrihaudon, chatouno!

Passes plus, que me fas mouri,
O laisso-me te devouri
      De poutouno!

Mai t'enchau bèn! Fas toun camin,
Semenant trebau e fremin
Dins lou pitre di juvenome.
As tort! Vau miés que la car drome,
Coume soumiho lou lioun
Qu'alongo, óublidant lou taioun,
Soun orro tèsto au sòu, chatouno.

Passes plus, que me fas mouri,
O laisso-me te devouri
      De poutouno!

Hier, pourquoi, devant la maison, me jeter un regard tel que j'en brûle encore la fièvre ? Tourne là-bas, tourne ton visage vers le mur, quand tu es près de moi ; comme la flamme du fusil, tes yeux m'éblouissent, jeune fille !

Ne passe plus, car tu me fais mourir, ou laisse-moi te dévorer de baisers.

Mais tu t'en moques ! Tu fais ton chemin, semant troubles et frissons dans la poitrine des jeunes hommes. Tu as tort ! Il vaut mieux que la chair dorme, comme sommeille le lion qui allonge, oubliant la proie, son horrible tête à terre, ô jeune fille !

Ne passe plus, car tu me fais mourir, ou laisse-moi te dévorer de baisers.

Ah! se n'en pode parla 'n res,
A la feruno di fourèst
L'anarai dire. quand, sèns luno,
Dins la niue, l'auro revouluno;
Quand, dins la tempèsto de Mar,
Li bèsti. coume d'alumard,
Endihon d'amour fòu, chatouno.

Passes plus. que me fas mouri,
O laisso-me te devouri
  De poutouno!

Vole pas, vole plus t'ama!
M'es en òdi de trelima
Pèr tu tant bello e tant marrido.
Te crèigues pas tant. Esperido,
Brèn de car roso e de péu brun,
Que poudrié, moun poung, metre en l
Coume uno mouissalo! Chatouno,

Passes plus, que me fas mouri,
O laisso-me te devouri
  De poutouno!

Ah ! si je ne puis en parler à personne, aux
bêtes fauves des forêts je l'irai dire, quand, dans
les nuits sans lune, le vent tourbillonne ; quand,
dans la tempête de mars, les bêtes, comme des
débauchés, hennissent d'amour fou, jeune fille.

Ne passe plus, car tu me fais mourir, ou laisse-
moi te dévorer de baisers.

Je ne veux pas, je ne veux plus t'aimer ! Il
m'ennuie de te convoiter, toi si belle et si mau-
vaise. Ne t'enorgueillis pas tant. Espérite, brin
de chair rose et de cheveux bruns, que mon poing
pourrait broyer comme un moucheron ! — Jeune
fille,

Ne passe plus, car tu me fais mourir, ou laisse-
moi te dévorer de baisers.

La niue, fau d'estràngi pantai :
M'escapes autant-lèu que t'ai ;
Te courre après, jamai t'ajougne.
Vese de liuen bada toun jougne
Coume uno flour que s'espandis :
Sèmpre, quand toque au paradis.
Un diable te raubo, o chatouno.

Passes plus, que me fas mouri.
O laisso-me te devouri
       De poutouno !

D'abord qu'en terro noun se pòu
Èstre amourous sènso avé pòu.
Anen-nous-en dins lis estello :
Auras lou trelus pèr dentello,
Auras li nivo pèr ridèu,
E jougarai coume un cadèu
A ti pichot pèd, ma chatouno !

Passes plus, que me fas mouri,
O laisso-me te devouri
       De poutouno !

La nuit, je fais d'étranges rêves : tu m'échappes dès que je t'ai ; je te poursuis sans jamais t'atteindre. Je vois de loin s'ouvrir ton corsage comme une fleur qui s'épanouit : toujours, quand je touche au paradis, un démon te dérobe, ô jeune fille.

Ne passe plus, car tu me fais mourir, ou laisse-moi te dévorer de baisers.

Puisque sur la terre on ne peut être amoureux sans avoir peur, allons-nous-en dans les étoiles : tu auras la lumière pour dentelles, tu auras les nuées pour rideaux, et je jouerai comme un jeune chien à tes petits pieds, ma jeune fille.

Ne passe plus, car tu me fais mourir, ou laisse-moi te dévorer de baisers.

LA SERENO

A CARLE MONSELET

Souto l'eterne bacèu
De l'erso, que brame o bounde,
I'a de palais siau, e brounde
Lou flot ié fai curbecèu.

Eilalin passo un veissèu
Que fasié lou tour dóu mounde;
Alor, pèr que rèn l'escounde,
Jito à rèire dins lou cèu

Sa fièro como e s'amuso
A fouleja touto nuso.
La sereno, sus li clar :

« Quau vòu, dis, èstre moun page? »
E lou mèstre d'aquipage :
« Hòu! crido, un ome à la mar! »

LA SIRÈNE

A CHARLES MONSELET

Sous le heurt éternel de la vague, qu'elle hurle ou bondisse, il y a des palais tranquilles, que recouvre le flot turbulent.

Là-bas loin passe un vaisseau qui faisait le tour du monde : alors, pour que rien ne la cache, elle jette en arrière dans le ciel

Sa fière chevelure et s'amuse à folâtrer toute nue, la sirène, sur les lagunes :

« Qui veut, dit-elle, être mon page ? » Et le maître d'équipage : « Ohé ! crie-t-il, un homme à la mer ! »

LOU VIAGE

A DONO VIÓULETO-D'OR

La niue es negro; dins la niue
Lou camin de ferri m'emporto.
Fai fre, lou vènt rounflo à la porto,
E la lampo trais, mita-morto.
Soun belu suprème à mis iue.

Antour de ièu tout s'emplis d'oumbro:
Deforo, coume de trevan,
Lis aubre courron... Mounte van?
Un pèr un me passon davan,
Saludant de si branco soumbro.

Lou siblet quilo endemounia...
Diéu, qu'anan vite! Tout trantraio:
Lou bos, li vitro, la ferraio:
De liò danson sus la muraio
Coume de fouletoun... Que i'a?

LE VOYAGE

A DONE VIOLETTE-D'OR

La nuit est noire ; dans la nuit, le chemin de
fer m'emporte. Il fait froid : le vent ronfle à la
porte, et la lampe jette, morte à demi, sa lueur
suprême à mes yeux.

Autour de moi, tout s'emplit d'ombre : dehors,
comme des fantômes, les arbres courent.... Où
vont-ils ? Un à un, ils passent devant moi, saluant
de leurs branches sombres.

Le sifflet crie endiablé.... Dieu ! que nous allons vite ! Tout cahote : le bois, les vitres, la fer-
raille : des feux dansent sur la muraille comme
des follets.... Qu'y a-t-il ?

Lou vagoun intro souto terro :
Trono... Lou viage m'es de fer.
L'escur prefound e lou brut fer,
Coume à la porto de l'Infer.
Vous dison : « Leissas touto espèro! »

Racant un nivoulas de fum,
Boufant, renant, desalenado,
La machino, negro danado,
S'arrèsto, e de l'orro fumado
Sort la vilo em' si milo lum.

Dóu gaz vivo e gaio es la flamo :
Li bons ami qu'avièn quita
A moun còu vènon se jita.
O douçour de l'amigueta,
Quand dins lis iue rison lis amo!

Vers l'oustaloun m'adraie. Alin,
Soulo davans la regalido,
Espèro e sounjo la poulido ;
Un poutoun d'elo, e lèu s'óublido
Dès lègo de marrit camin.

Le vagon entre sous terre : il tonne.... Le
voyage m'est une angoisse. L'obscurité profonde
et le bruit sauvage, comme à la porte de l'Enfer,
vous disent : « Laissez toute espérance ! »

Vomissant un énorme nuage de fumée, souf-
flant, grognant, hors d'haleine, la machine, noire
damnée, s'arrête, et de l'horrible fumée sort la
ville avec ses mille lumières.

Du gaz vive et gaie est la flamme : les bons
amis que j'avais laissés viennent se jeter à mon
cou : ò douceur de l'amitié ! quand, dans les
yeux, sourient les âmes !

Vers la petite maison je m'achemine. Là-bas,
seule devant la flambée, attend et songe la charmante. Un baiser d'elle, et vite sont oubliées
dix lieues de mauvais chemin.

LA COUMÈDI DE LA MORT

A TEOUFILE GAUTIER

De la Mort, coume Dante, as escri la coumèdi,
La coumèdi divino, estranjo; e sèns remor,
De la vido amourous, calignères la Mort,
E, vivènt, dins lou cros faguères toun acèdi.

E tant que vers la masco ansin trouvères crèdi,
En paupant d'uno man soun pitre sènso cor,
De l'autro as caressa la bèuta puro, amor
Que de tout la Bèuta nous sèmblo lou remèdi.

N'a jamai óublida que i' aviés fa la court.
T'a 'spera cinquanto an, la terriblo mestresso.
Un vèspre de malur, sus soun chivau que cour,

Arribo à toun oustau... Ni glòri ni tendresso
L'arrèston : « Eilavau ta coumèdi es apresso,
Lou ridèu es tira; vène, qu'es à toun tour! »

LA COMÉDIE DE LA MORT

A THÉOPHILE GAUTIER

De la Mort, comme Dante, tu as écrit la comédie, la comédie divine, étrange : et sans remords,
de la vie amoureux, tu courtisas la Mort, et, vivant, dans la fosse tu lis ta descente.

Et tant que chez la sorcière tu eus ainsi crédit,
en palpant d'une main sa poitrine sans cœur, de
l'autre tu caressas la Beauté pure, parce que de
tout la Beauté nous semble le remède.

Elle n'a jamais oublié que tu lui fis la cour; elle
t'a attendu cinquante ans, la terrible maitresse.
Un soir de malheur, sur son cheval qui court,

Elle arrive à ta maison.... Ni gloire, ni tendresse ne l'arrêtent : « Là-bas, ta comédie est
apprise, le rideau est levé ; viens, c'est à ton tour!

CANSOUN PÈR DÓUFINO

I

Cargo ti prim soulié
    De sedo blanco,
Mete un brout d'arangié
    Sus ta bello anco.

L'Amour pren pèr la man
Li nòvi bèu amant,
    E li pestello
    Dins lis estello.

Dóu velet clarinèu
    Ennivoulido,
O roso dins la nèu,
Que sies poulido!

CHANSON POUR DELPHINE

I

Chausse tes petits souliers de soie blanche, mets un brin d'oranger sur ta belle hanche.

L'Amour prend par la main les fiancés bien aimants, et les enferme dans les étoiles.

Du voile transparent ennuagée, ô rose dans la neige, que tu es jolie !

Aubouro-te que vèn,
　　Nouvieto bello,
Lou tèndre e fièr jouvènt
　　Que tant te bèlo!

Lèu, sus ti long péu d'or
　　Met la courouno :
L'Amour es lou plus fort;
　　A-n-éu te douno!

II

De Paris à Cassi,
　　D'Arle à Bèu-caire,
Poudiés pas miés chausi
　　Toun calignaire.

L'Amour pren pèr la man
Li nòvi bèn amant,
　　E li pestello
　　Dins lis estello.

Lève-toi, il vient, belle fiancée, le tendre et fier
jeune homme qui tant te désire.

Vite, sur tes longs cheveux d'or mets la couronne : l'Amour est le plus fort ; il te donne à
lui !

II

De Paris à Cassis, d'Arles à Beaucaire, tu ne
pouvais mieux choisir ton amoureux.

L'amour prend par la main les fiancés bien aimants et les enferme dans les étoiles.

Dóu caligna lou fién
    Noun se debano
Sènso entramble, ai! moun Diéu!
    Ni sènso engano.

Mais iuei lis amourous
    An la vitòri,
E i'es en tóuti dous
    Uno grand glòri!

O drole brun e bèu,
    Divino sauro,
Sias un galant parèu
    Qu'Amour enauro!

III

L'Amour a 'n paradis
    Sus li grand cimo :
Aqui tout canto e ris
    Tout s'apasimo.

De l'Amour le fil ne se déroule point sans obs-
tacles, ah ! mon Dieu ! ni sans ruse.

Mais aujourd'hui les amoureux ont la victoire,
et c'est pour tous les deux une grande gloire !

O jouvenceau [brun et beau, divine blonde,
vous êtes un couple charmant qu'Amour trans-
porte !

III

L'Amour a un paradis sur les hautes cimes : là
tout rit et chante, tout s'apaise.

2.

L'Amour pren pèr la man
Li nòvi bèn amaut.
    E li pestello
    Dins lis estello.

S'anas dins soun castèu,
    Es, pèr fourtuno.
Sus un rai de soulèu,
    Un lamp de luno;

Dins de poulit pantai
    Plen de jouinesso
Ounte se viéu jamai
    Que de caresso.

Amour, embarro-lèi!
    De flour enchèino
Aquéu nòvie, aquéu rèi,
    Emé sa rèino!

L'Amour pren pèr la man
Li nòvi bèn amant,
    E li pestello
    Dins lis estello.

L'Amour prend par la main les fiancés bien aimants, et les enferme dans les étoiles.

Si vous allez dans son château, c'est, par for-
tune, sur un rayon de soleil, un jet de lune ;

Dans de jolis rêves, pleins de jeunesse, où l'on
ne vit jamais que de caresses.

Amour, fais-les prisonniers ! enchaine de fleurs
ce fiancé, ce roi avec sa reine !

L'Amour prend par la main les fiancés bien aimants, et les enferme dans les étoiles.

VESPRADO A TRENCATAIO

A L. DE BERLUC-PERUSSIS

Lou jour trais si darrié belu ;
Alin s'espandis un fum blu,
Dirias que li mountagno tubon :
Dins lou grand flume negre e siau
Vesès courre coume d'uiau
Lou fió di fanau que s'atubon.

De-long dóu Rose e dis adoub,
S'entènd un cant de pescadou
O lou siblet d'un capitàni :
Cansoun e brut atravali
A cha pau se soun esvali.
Arle sèmblo un païs de nàni.

SOIREE A TRINQUETAILLE

A L. DE BERLUC-PÉRUSSIS

Le jour jette ses dernières lueurs ; au loin se répand une fumée bleue. on dirait que les montagnes
fument ; dans le grand fleuve noir et calme. on
voit courir comme des éclairs le feu des falots qui
s'allument.

Le long du Rhône et du radoub, on entend un
chant de pêcheur ou le sifflet d'un capitaine ;
chanson et bruit de travail peu à peu se sont éva-
nouis. Arles semble un pays de rêves.

Plus res camino sus li pont,
Tout se fai mut; la vilo a som,
Es lasso, vóu dourmi tranquilo;
Lis oustau se soun pestela
E de soun mantèu estela
La niue agouloupo la vilo.

Plus personne ne marche sur les ponts, tout semble muet ; la ville a sommeil, elle est lasse, elle veut dormir tranquille ; les maisons se sont fermées à clef et de son manteau étoilé la nuit enveloppe la ville.

LA PERLO

A MADAMO PAUL BAYLE

A ta fresco e poulido auriho
Pastado de rose e de blanc,
Pèr pendènt uno perlo briho
Coume un plour d'aubo tremoulant.

A soun entour se reconquiho
Toun pèu d'or en anèu galant;
Me sèmblo vèire uno couquiho
Ounte la mar a mes plan-plan

Sa perlo fino la plus raro.
Laisso-me clina sus ta caro!
Dins li couquihage d'abord

Que l'on entènd ço que dis l'oundo.
Vole iéu, o divino bloundo.
Escouta ço que dis toun cor!

LA PERLE

A MADAME PAUL BAYLE

A ta jolie et fraiche oreille, pétrie de rose et de
blanc, pour pendants brille une perle comme un
pleur d'aube qui tremble.

Autour d'elle se retroussent tes cheveux d'or en
boucles charmantes : il me semble voir une co-
quille où la mer a mis doucement

Sa perle fine la plus rare. Laisse-moi me pencher sur ton visage ! Puisque dans les coquil-
lages

On entend ce que dit l'onde, moi je veux, ô
blonde divine, écouter ce que dit ton cœur !

SOULÈU TREMOUNT

A-N-ESTÈVE CARJAT

Lou soulèu sauno dins li nivo,
E, dóu cèu, lou sang rouge plóu
Sus la fourèst negrasso e vivo.
Que se trosso e crido de pòu.

Coume un rèi à grand cop d'espaso
Sagata pèr quauque assassin.
Lou soulèu mor; soun sang de braso
Ié fai un linçòu cremesin.

Arribo, o niue! davalo, sourne!
Vivo l'oumbrun, la fre, l'esfrai!
More, o soulèu! Que rèn destourne
L'obro dóu mau dins soun travai!

SOLEIL COUCHANT

A ÉTIENNE CARJAT

Le soleil saigne dans les nuées, et, du ciel, le sang rouge pleut sur la forêt noire et vivante, qui se tord et crie d'effroi.

Comme un roi égorgé à grands coups d'épée par quelque assassin, le soleil meurt ; son sang de braise lui fait un suaire cramoisi.

Arrive, ô nuit ! descendez, ténèbres ! Vive l'ombre, le froid, l'épouvante ! Meurs, ô soleil, que rien ne dérange l'œuvre du mal en son travail !

A l'espèro s'escound lou laire :
— « Sus la draio passara res ? »
— « Quau tua? » dis l'escoutelaire,
Amoulant soun coutèu de fres.

Li loup sortou de sis androuno,
D'un orre ruscle badaiant ;
Malur is agnèu ! Li mandrouno
Menon li piéucello au roufian.

Bèlli piéucello fresco e nuso,
Car touto novo, cors tant lisc !
D'éli quand lou mascle s'amuso,
Plouron lis ange au paradis.

An ! desnouso ti lôngui treno ;
Lèu ! desfai ta raubo d'enfant :
Auras un escut pèr estreno,
O piéucello ! ta maire a fam.

Lou duganèu, la tartarasso,
Coume un trou toumbo sus lou nis ;
De soun bè, de sis arpo, estrasso
Li pàuri pichot vouladis.

A l'affût se cache le voleur : — « Sur le sentier
ne passera-t-il personne ? » — « Qui tuer? » dit
le spadassin, aiguisant de frais son couteau.

Les loups sortent de leurs tanières, bâillant
d'une horrible faim ; malheur aux agneaux ! Les
matrones conduisent les vierges au rufien.

Belles vierges fraîches et nues, chair toute
neuve, corps si lisse ! D'elles quand le mâle s'a-
muse, les anges pleurent au paradis.

Allons, dénoue tes longues tresses ; vite, défais
ta robe d'enfant : tu auras un écu pour étrenne,
ô pucelle ! ta mère a faim.

L'orfraie, l'autour, comme la foudre tombent
sur le nid ; de leurs becs, de leurs griffes ils dé-
chirent les pauvres petits prêts à s'envoler.

Marrias! despachas l'obro soumbro ;
Ardit ! laire e bourrèu ! La niue
Es courto ; au plus negre de l'oumbro,
Escoundès-vous ! ièu sabe un iue,

Ièu sabe un iue que vous regardo.
Plour de piéucello e plang d'aucèu,
Diéu vèi, ausis tout. Prenès gardo !...
Mai l'aubeto clarejo au cèu :

Lou soulèu mounto dins sa glòri,
Lou soulèu ressuscito, es jour !
Canto l'aucèu sus l'aubre flòri ;
Tout es lume, pas, joio, amour

Scélérats ! dépêchez l'œuvre sombre ; hardi !
larrons et bourreaux ! La nuit est courte ; au
plus noir de l'ombre, cachez-vous ! Moi, je sais
un œil.

Je sais un œil qui vous regarde. Pleurs de
vierge et plaintes d'oiseau, Dieu voit, entend
tout. Prenez garde !.... Mais l'aurore blanchit au
ciel :

Le soleil monte dans sa gloire, le soleil ressus-
cite, il fait jour ! L'oiseau chante sur l'arbre en
fleurs; tout est lumière, paix, joie, amour !

DINS LI BOS

A LA NAÏS DE ROUMIÉUX

Que li draiòu dans li bos soun poulit !

Au gai soulèu la ramiho boulego,
En ventau d'or que se duerb e se plego,
Leissant giscla de rai atremouli.

Que li draiòu dins li bos soun poulit !

Lou lesert vèn béure à l'entre-lusido
Di lèio founso, e vounvoun e brounzido
E cant d'aucèu fan un brut trefouli.

Que li draiòu dins li bos soun poulit !

Sus l'erbo en flour, sus li fueio e la mo
Ai vist un jour passa toun oumbro dou(
E tout moun cor, o chato, a tressali !...

Que li draiòu dins li bos soun poulit !

DANS LES BOIS

A ANAÏS, LA FILLE DE ROUMIEUX

Que les sentiers dans les bois sont charmants !

Au gai soleil la feuillée remue en éventail d'or, qui s'ouvre et se ferme, laissant jaillir des rayons tremblotants.

Que les sentiers dans les bois sont charmants !

Le lézard vient boire à l'éclaircie des allées profondes, et bourdonnements et murmures et chants d'oiseau font un bruit d'allégresse.

Que les sentiers dans les bois sont charmants !

Sur l'herbe en fleurs, sur les feuilles et la mousse j'ai vu un jour passer ton ombre douce, et tout mon cœur, ô jeune fille, a tressailli !....

Que les sentiers dans les bois sont charmants !

3.

LA CANSOUN DI FELIBRE

A-N-ANFOS ROQUE-FERRIER

Souto lou grand cèu blanc,
  L'oundado negro
Miraio, en barrulant,
  La luno alegro ;
Dóu goutique Avignoun
Palais e tourrihoun
  Fan de dentello
  Dins lis estello.

Avignoun, grasiha,
  Quand escandiho,
Tambèn de fes que i'a
  Lou jour soumiho ;
Mai, s'acampo au soulèu
Si gai felibre, lèu
  Es di cigalo
  La capitalo.

LA CHANSON DES FÉLIBRES

A ALPHONSE ROQUE-FERRIER

Sous le grand ciel blanc, le flot sombre reflète, en roulant, la lune joyeuse ; du gothique Avignon palais et tourelles font des dentelles dans les étoiles.

Avignon, grillé de rayons, tout de même quelquefois, le jour, sommeille ; mais, s'il assemble au soleil ses gais félibres, vite il devient des cigales la capitale.

Li cresien tónti mort,
   Li vièi troubaire;
Li fièu an l'estrambord
   Mai que li paire:
Veici lou grand Mistrau,
Jamai las, jamai rau,
   E Roumaniho,
   Tout armounio.

Crousillat e Tavan,
   A l'aubo primo,
Courreguéron davan,
   Cercant li cimo;
Èro un bèu matin, Gaut
Cantavo coume un gau:
   — « Lou Felibrige
   Sort de l'aurige. »

Emé soun tambourin
   Flouca de veto,
Vidau jogo un refrin
   Sus sa flaveto:
Gras, qu'es un tron-de-di
Se desboundo, e Mathiéu
   Pèr li chatouno
   N'a que poutouno.

On les croyait tous morts, les vieux troubadours ; les fils ont l'enthousiasme plus encore
que les aïeux. Voici le grand Mistral, jamais las,
jamais enroué, et Roumanille, tout harmonie.

Crousillat et Tavan, au point de l'aube, couru-
rent devant, cherchant les cimes ; c'était un beau
matin, Gaut chantait comme un coq : « Le Féli-
brige sort de l'orage. »

Avec son tambourin pomponné de rubans,
Vidal joue un refrain sur son galoubet ; Gras,
qui est un vaillant, déborde de verve, et Mathieu
pour les fillettes n'a que des baisers.

E Roumiéux tant galoi
 Tant galejaire ;
E Miquèu lou revoi
 Cansounejaire ;
E lou tèndre Brunet
Plourant si garçounet ;
 E. bello roso,
 Anaïs-Roso.

Tirarié trop de long
 La letanio :
Rèn agoto la font
 De pouësio :
Es coume un mes de Mai,
Toujour s'ausis que mai
 Cant de jouvènço
 Dins la Prouvènço.

Aubanèu sèmblo mut
 Mai lou fiò couvo ;
S'enfounso i bos ramu
 Emé sa jouvo.
Un jour qu'aura lesi,
Éu vous fara fresi :
 Counèis lis astre,
 Trèvo li pastre.

Et Roumieux si joyeux, si rieur; et Michel le
gaillard chansonnier; et le tendre Brunet pleurant ses garçonnets; et, rose belle, Anaïs-Rose.

Elle n'en finirait plus, la litanie; rien ne tarit
la source de poésie. C'est comme un mois de mai,
et l'on entend, toujours plus nombreux, des
chants de jeunesse dans notre Provence.

Aubanel semble muet, mais le feu couve; il
s'enfonce dans les bois touffus avec sa jouvencelle. Un jour qu'il en aura le loisir, il vous fera
frissonner : il connaît les astres, il hante les
pâtres.

Dis estràngi païs
  Que la mar bagno,
D'Irlando que gemis,
  Emai d'Espagno,
Arribon de cansoun
Pleno de languisoun,
  D'iro e de flamo,
  Abrant lis amo.

Segur lou mai fenat
  Es milord Wyse ;
Aquéu de pitre n'a,
  D'ardour e d'aise !
Escoutas Balaguer,
Terrible, dous e fièr,
  E li zambougno
  De Catalougno

Dins la coupo d'argènt,
  A plen de bouco,
Beven lou vin tant gènt
  De nòsti souco.
Catalan, Prouvençau,
Tout bon felibre saup
  La lèi d'escréure
  E la de béure !

Des pays étrangers que baigne la mer, d'Ir-
lande qui gémit et d'Espagne, arrivent des chansons pleines de mélancolie, de colère et de flammes embrasant les âmes.

Assurément le plus féru, c'est milord Wyse; il
a du souffle celui-là, de l'ardeur et de l'aisance !
Ecoutez Balaguer, terrible, doux et fier, et les
guitares de Catalogne.

Dans la coupe d'argent, à pleine bouche, buvons le vin gentil de nos ceps. Catalan, Provençal,
tout bon félibre sait la loi d'écrire et celle de
boire !

A LUDOUVINO

Pode plus t'óublida jamai,
Jouvènto; moun amo, l'as presso.
I'a dins tis iue lou mes de Mai ;
Ta paraulo es uno caresso.

Aquéu es urous mai que mai
Qu'as enfada de ta tendresso ;
L'enaures d'un rire o d'un bais :
Iéu te prouclame felibresso !

Dono, de femo coume tu,
Pèr sa gràci, pèr sa vertu
Soun d'ispirarello divino.

Tau que lis ancian troubadour,
Ta caro, en un pantai d'amour,
Moun cor l'emporto, o Ludovino !

A LUDOVINE

Je ne puis plus t'oublier jamais, ô jeune femme ;
mon âme, tu l'as prise. Il y a dans tes yeux le
mois de mai, ta parole est une caresse.

Celui-là est heureux par-dessus tout, que tu as
ensorcelé de ta tendresse ; tu l'exaltes d'un sourire ou d'un baiser : moi, je te proclame félibresse !

Donc, des femmes comme toi, par leur grâce,
par leur vertu, sont des inspiratrices divines.

Tel que les anciens troubadours, ton visage, en
un rêve d'amour, mon cœur l'emporte, ô Ludo-
vine !

VESPRE D'ABRIÉU

AU PINTRE ANTÒNI GRIVOLAS

Dis estello amigo lis iue,
Dous e bèu coume d'iue de femo,
Me regardavon dins la niue :
L'oumbro èro founso, bluio, semo.

Oudourous, celèste, lóugié
Autant qu'un respir de chatouno,
Abriéu, dins li flour dóu vergié,
Aleno em' un brut de poutouno.

Tèndre coume lou parauli
D'uno amourouso, dins l'aubriho
S'ausissié lou canta poulit
E li souspir de l'auceliho.

SOIRÉE D'AVRIL

AU PEINTRE ANTOINE GRIVOLAS

Des étoiles amies les yeux, doux et beaux
comme des yeux de femme, me regardaient dans
la nuit : l'ombre était profonde, bleue et calme.

Parfumé, léger, céleste autant que l'haleine
d'une jeune fille, Avril, dans les fleurs du verger,
respire avec un bruit de baisers.

Tendre comme le babil d'une amoureuse, dans
les arbres on entendait le chant joli et les soupirs
des oiseaux.

Veici lou verd, veici lis nis :
Pertout la sabo reboumbello :
— Mignoto, en quete paradis
T'escoundes?... Ounte sies, ma bello ?

Lou soufle enebriant dóu printèm,
Bèu mai que lou sang de la souco,
M'enchusclavo... Cresien, mi dènt,
Mordre l'orle pur de si bouco.

Souto lou bos que trefoulis
Coume à l'espèro d'uno amanto,
La draio es un camin d'alis
Tant i'a de luseto cremanto.

Un brout flouri que tramblo au vènt,
Pu suau, mai prefuma 'nearo
Que lou péu d'uno drolo, vèn
Floureja ma man o ma caro.

Alor me sèmblo qu'a passa,
E coume un fòu, après ié courre...
E l'amour me fai embrassa
Enjusquo la rusco di roure.

Voici le vert, voici les nids ; partout rebondit la sève : — Mignonne, en quel paradis te caches-tu?... Où es-tu, ma belle?

Le souffle enivrant du printemps, bien plus que le sang de la vigne, me grisait... Mes dents croyaient mordre l'ourlet pur de ses lèvres.

Sous le bois qui tressaille comme à l'attente d'une amante, le sentier est une voie lactée, tant il y a de lucioles enflammées.

Un brin en fleurs qui tremble au vent, plus suave, plus encore parfumé que la chevelure d'une jeune fille, vient frôler ma main ou mon visage.

Alors il me semble qu'elle a passé, et, comme un fou, je cours après elle... Et l'amour me fait embrasser jusqu'à l'écorce des rouvres.

Dis estello amigo lis iue,
Treboulant coume d'iue de femo,
Me regardavon dins la niue :
L'oumbro èro founso, bluio, semo.

MANDADIS

A tu que cerques la Bèuta
Coume uno perlo fino e raro,
A tu que rèstes espanta
Davans iue dous e tèndro caro,
A tu la cansoun qu'ai canta,
Tu qu'à l'Amour creses encaro.

Des étoiles amies, les yeux, troublants comme
des yeux de femme, me regardaient dans la nuit :
l'ombre était profonde, bleue et calme.

.

ENVOI

A toi qui cherches la Beauté comme une perle
fine et rare, à toi qui restes pâmé devant doux
yeux et tendre visage, à toi la chanson que j'ai
chantée, toi qui à l'Amour crois encore.

LACRYMÆ FLORUM

A VITOUR COLOMB

La drudo tepo es verdo, e lou soulèu ami
Caufo d'un gai poutoun li pàuris endourmi.
Jalèbre, lou defunt tresano au rai que briho ·
E, dins sa longo niue, coucha souto l'erbiho,

Escouto, — chasque ecò d'amount lou fai ferni, —
S'un trapé councissu noun vai enfin veni ;
Car, dòu tèms que lou verme avau li desabiho,
L'amo di mort vounvouno autour coume uno abiho.

Abriéu' mé si bouquet ris au mitan di cros ;
E, sus li crous negrasso e sus li pèiro blanco,
Me clinant pietadous, vau en disènt : « Que vos ? »

Lou piéu-piéu d'un aucèu se lagnant dins li branco
Sèmblo soul me respondre. E iéu, doulènt abord,
Dins lou perfum di flour cerque l'amo di mort.

LACRYMÆ FLORUM

A VICTOR COLOMB

Le dru gazon est vert et le soleil ami réchauffe
d'un joyeux baiser les pauvres endormis. Grelot-
tant, le défunt tressaille au rayon qui brille, et
dans sa longue nuit, couché sous l'herbe,

Il écoute, — chaque écho de là-haut le fait
frissonner, — si un piétinement connu ne va pas
enfin venir : car, tandis que le ver là-bas les
déshabille, l'âme des morts bourdonne autour
comme une abeille.

Avril avec ses bouquets rit au milieu des fosses
et, sur les croix noires et sur les pierres blanches
m'inclinant avec pitié, je vais en disant : « Que
veux-tu ? »

La plainte d'un oiseau se lamentant dans les
branches semble seule me répondre. Et moi, toujours plus dolent, dans le parfum des fleurs, je
cherche l'âme des morts.

EN ARLE

A L'ESTATUAIRE AMY

Emé la gràci dóu Levant
E lou gàubi d'uno Mouresco,
Coume l'eigagno e l'aubo fresco,
Tè ! vèn de me passa davan.

Sa vestiduro noun l'assanco.
Sèmblo soulamen la beca,
Tant lóugeiret es estaca
Lou coutihoun souple à sis anco.

Soun èso richo mounto just
Ounte acoumènço la regalo
Di cor que dóu bèu an fringalo,
Dis iue qu'agroumandis leu nus.

EN ARLES

AU STATUAIRE AMY

Avec la grâce de l'Orient et l'allure d'une Moresque, fraiche comme la rosée et l'aube, tenez! elle vient de passer devant moi.

Son costume ne l'écrase pas, il semble seulement la caresser, si légèrement est attachée la jupe souple sur ses hanches.

Son corsage riche monte juste où commence le régal des cœurs affamés du beau, des yeux qu'affriande le nu.

4.

Sa taio, es fòu qu noun la miro
De la centuro à soun coutet;
La ligno puro dóu boumbet,
Quand se tourno, bèn miés s'amiro.

Leissant au mièi un blanc relarg,
La mousselino en crous se plego;
Lou sen, fin'e redoun, boulego
Entre li ple dóu fichu clar.

Soun còu fièr, souto li trenello
De si péu negre, mounto brun;
Or, diamant, courau à gros grun,
Uno chèino à sèt tour l'anello.

Un fiò lampant es dins sis iue,
E, long de sa gauto un pau palo,
S'escapon jusqu'à sis espalo
Si péu negre coume la niue.

Muto, enca parlo emé soun rire;
Couifado dóu velout flouri,
A quaucaren d'alangouri
E de galoi qu'es pas de dire.

Sa taille, fou est celui qui ne la contemple de
la ceinture à la nuque; la ligne pure de la poitrine, quand elle se tourne, bien mieux s'admire.

Laissant au milieu un blanc espace, la mous-
seline croise ses plis; le sein, fin et rond, remue
entre les plis du clair fichu.

Son cou fier, sous les boucles de ses noirs cheveux, se dresse brun; or, diamants, corail à gros
grains, sept tours de chaine l'enlacent.

Un éclair de feu est dans ses yeux, et le long
de sa joue un peu pâle s'échappe jusqu'à ses
épaules sa chevelure noire comme la nuit.

Muette, elle parle encore avec son sourire;
coiffée du velours fleuri, elle a quelque chose de
langoureux et de joyeux impossible à rendre.

O siavo tèsto ! bello autant
Qu'un maubre trouva dins l'areno
Dóu Tiatre antique o dis Areno
Emé lis escoumbre d'antan !

Li jouvo amon la farandoulo,
La danso; te chalo pulèu
Tu, courre i brau, quand lou soulèu
Trelusis dins lou sang que coulo.

Au mamèu ti fiéu pendoula,
Un jour vendran à la ferrado ;
Dins l'espaime e li trevirado
N'en tetaran que meiour la.

Tèndro em'acò coume pas uno,
Oh ! qu'es galant soun caligna !
Basto, amourous l'acoumpagna
Quand trèvo emé la pleno luno.

Rèn qu'à l'entre-vèire, lou cor
Vous tressauto dins la peitrino ;
Sus la terro, sus la marino,
La seguirias fin-qu'à la mort.

O suave tête! belle autant qu'un marbre trouvé dans le sable du Théâtre antique ou des Arènes avec les ruines de jadis.

Les filles aiment la farandole, la danse; cela te plaît mieux, toi, de courir aux taureaux, quand le soleil scintille dans le sang qui coule.

A la mamelle tes fils suspendus, un jour viendront à la *ferrade;* dans l'épouvante et les transes ils ne téteront que meilleur lait.

Tendre avec cela, comme pas une, oh! qu'elle a une galante façon d'aimer! Puissé-je, amoureux, l'accompagner quand elle sort en pleine lune.

Rien qu'à l'apercevoir, le cœur vous tressaute dans la poitrine; sur la terre, sur la mer, vous la suivriez jusqu'à la mort.

Ounte siés, grignoun de Camargo?
Lando au galop vers elo, e tu
Vers elo emporto-me, lahut;
Duerbe la velo, alargo! alargo!

Es la drolo d'un pescadou,
Es la chato de la Rònqueto,
Pèr tout calignaire mousqueto,
Se noun es fiéu dóu terradou.

Où es-tu, cheval de Camargue? Cours au galop
vers elle, et toi, vers elle, emporte-moi, tartane :
ouvre ta voile, au large! au large!

C'est l'enfant d'un pêcheur, c'est la fille de la
Roquette ; pour tout poursuivant impatiente, s'il
n'est pas fils du terroir.

LA CRISANTEMO

(d'après un tablèu d'Antòni Grivolas).

A MADAMO LISO HAMELIN

La fre vèn, li roso soun morto,
Touto fueio lou vènt l'emporto
E l'aubre n'est plus cantadis ;
Dins lou jardin véuse, à brassado,
De la cisampo trecassado,
La crisantemo s'espandis.

Palinello, coumo est poulido,
La crisantemo afrejoulido,
Pauro darriero flour de l'an !
Sus la fenèstro qu'un rai dauro
A pas tant de soulèu que d'auro,
E vous sourris en tremoulant.

LE CHRYSANTHÈME

(d'après un tableau d'Antoine Grivolas)

A MADAME ELISE HAMELIN

Le froid vient, les roses sont mortes, toute
euille le vent l'emporte et l'arbre n'a plus de
chansons; dans le jardin veuf, à brassées, par le
vent du nord tracassé, le chrysanthème s'épanouit.

Un peu pâle, qu'elle est jolie, la fleur du chrysanthème frileux, pauvre dernière fleur de l'année! Sur la fenêtre qu'un rayon dore, elle n'a pas
autant de soleil que de bise, et elle vous sourit
en tremblant.

Queto man d'amigo, de femo
T'a floucado de crisantemo,
Fenèstro que fas pantaia?
Quau te trèvo?... Ai cresu toutaro
Vèire, au founs de toun oumbro claro,
Uno bello chato esquiha.

Quelle main d'amie, de femme, t'a ornée de chrysanthèmes, fenètre qui fais rêver? Qui vient s'accouder là?... J'ai cru tout à l'heure voir, au fond de ton ombre claire, une belle jeune fille passer.

LI SÈT POUTOUN

A PAUL MARIETOUN

Sus li cimo e dins la Crau,
Quand tout clino à l'auro que bramo,
Aut lou front, auto moun amo,
M'agrado lucha 'mé lou vènt-terrau.
E dins la rafalo,
Alor prene d'alo,
Tresane quand vèn
M'embrassa lou vènt.

E la terro farandoulo,
De poutoun jamai sadoulo.

LES SEPT BAISERS

A PAUL MARIÉTON

Sur les cimes et dans la Crau, quand tout s'incline à la bise qui hurle, haut le front, haute mon âme, il me plait de lutter avec le grand vent. Et dans la rafale, alors, je prends des ailes ; je tressaille quand vient m'embrasser le vent.

Et la terre farandole, de baisers jamais assouvie.

Fai un jour galoi e blu,
Lou soulèu d'ivèr escandiho.
    Soun dardai ris dins l'erbiho
E trauco li pin de milo belu.
            Que la calo es douço!
            Concha sus la mousso,
            Caresso-me lèu.
            Poutoun dóu soulèu!

        E la terro farandoulo,
        De poutoun jamai sadoulo.

    Li blad verd se soun daura;
L'aire brulo e la caud acraso;
    Ges de nivo, plòu de braso;
Li bèsti, li gènt, lou sause e lou pra
            De set tout barbèlo.
            Oh! que l'aigo es bello
            Oh! qu'es fres e bon
            Lou poutoun di font!

        E la terro farandoulo,
        De poutoun jamai sadoulo.

Il fait un jour joyeux et bleu, le soleil d'hiver
resplendit, ses rayons rient dans l'herbe et trouent
les pins de mille étincelles. Que l'abri est doux!
Couché sur la mousse, caresse-moi vite, baiser du
soleil!

Et la terre farandole, de baisers jamais assouvie.

Les blés verts se sont dorés : l'air brûle et la
chaleur écrase ; point de nuage, il pleut de la
braise ; les bêtes, les gens, le saule et le pré, de
soif tout languit. Oh! que l'eau est belle! Oh!
qu'il est frais et bon, le baiser des fontaines!

Et la terre farandole, de baisers jamais assouvie.

Mai un flasque de vin vièi
Enca miés lèvo la pepido;
Lou vin, lou vin es la vido;
En joio, en amour, lou vin es lou rèi
Vujas rouge e linde,
Agoutarai l'inde;
Farai quatre-vint,
Cènt poutoun au vin!

E la terro farandoulo,
De poutoun jamai sadoulo,

Souto lis amelié blanc,
Li bèlli chato cremesino,
Boumbet riche e taio fino,
S'espaçon à courre emé si galant.
Cercas-vous, poutouno
Di bouco bessouno;
Pàuris amourous,
Embriagas-vous!

E la terro farandoulo,
De poutoun jamai sadoulo.

Mais un flacon de vin vieux, encore mieux ôte la pépie ; le vin, le vin, c'est la vie ; en joie, en amour, le vin est le roi ! Versez rouge et clair, j'épuiserai le broc ; je ferai quatre-vingts, cent baisers au vin !

Et la terre farandole, de baisers jamais assouvie.

Sous les amandiers blancs, les belles filles empourprées, corset riche et taille fine, se récréent à courir avec leurs galants. Cherchez-vous, baisers des lèvres jumelles ; pauvres amoureux, enivrez-vous !

Et la terre farandole, de baisers jamais assouvie.

5.

Uno maire, sus soun cor,
Brèsso l'enfant de lònguis ouro ;
Tre que se reviho e plouro,
D'un flo de poutoun l'assolo e l'endor.
O poutoun de maire,
Siés lou plus amaire !
Poutoun lou meiour
Di poutoun d'amour !

E la terro farandoulo,
De poutoun jamai sadoulo.

Tu, que fas que galoupa,
E ti grands os fan li clincleto
Sus toun chivau, Mort-peleto,
Regardo ma porto e t'arrèstes pa.
De toun poutoun orre
S'un jour fau que more,
T'espère en cantant :
Vène dins cènt an !

E la terro farandoulo,
De poutoun jamai sadoulo.

Une mère, sur son cœur, berce l'enfant de longues heures ; aussitôt qu'il se réveille et pleure, d'un millier de baisers elle le console et l'endort. O baiser de mère, tu es le plus aimant ! baiser le meilleur des baisers d'amour !

Et la terre farandole, de baisers jamais assouvie.

Toi qui ne fais que galoper, et tes grands ossements claquètent sur ton cheval, ô squelette ! regarde ma porte et ne t'arrête pas. De ton baiser horrible s'il faut un jour que je meure, je t'attends avec des chansons : viens dans cent ans !

Et la terre farandole, de baisers jamais assouvie.

PATIMEN

A MAURISE FAURE

I

Quand lou cors arderous bramo, quand l'amo es lasso
De lucha, quand la car estranglo l'esperit
Pantaiant encbria la nudeta belasso,
Qu'estènt soul, pèr souna quaucun avès qu'un crid;

Quand sourtès esperdu, cercant sus li grand plaço
Lou femelan superbe emai fugue pourri,
Quand voudrias de poutoun estrange à n'en mouri,
Lou poutoun d'un enfant à bouqueto de glaço

Es proun pèr vous fa crento e pèr vous tremuda.
Dins aquéu bais d'enfant i' a tant de pureta
Qu'amosso la flambour dóu sang, lou boui dóu rable.

L'innoucènt te caresso emé si pichot det...
Rintro à l'oustau e toumbo à geinoun, miserable!
Davans Diéu, paure fòu, plouro e desgounflo-te!

TOURMENT

A MAURICE FAURE

I

Quand le corps embrasé hurle ; quand l'âme est lasse de lutter ; quand la chair étrangle l'esprit qui rêve enivré le nu splendide ; quand, étant seul, pour appeler quelqu'un vous n'avez qu'un cri ;

Quand vous sortez éperdu, cherchant sur les places publiques le féminin superbe, si corrompu qu'il soit ; quand vous voudriez des baisers étranges à en mourir, le baiser d'un enfant aux lèvres de glace,

C'est assez pour vous faire honte et vous transformer. Dans ce baiser d'enfant il y a tant de pureté qu'il éteint la flamme du sang, le bouillonnement de la moelle.

L'innocent avec ses petits doigts te caresse... Rentre à la maison et tombe à genoux, misérable ! Devant Dieu, pauvre fou, pleure et dégonfle-toi.

II

Quand poudriés, à toun grat, culi, pourpalo o blanco
Touto flour espandido au miejour coume au nord;
Quand poudriés, à ta fam, dóu frut de touto branco
Manja, s'aviés fa pache emé lou traite sort;

Dins ti bras quand poudriés encentura lis anco
De tóuti li jouvènto, ome, s'éres proun fort,
Te dise qu'à la fin em' un tèdi qu'escranco
T'aplantariés en routo, e sounariés la Mort!

Car chourlariés pèr vin li rai pur dis estello,
L'enebriaduro es pas dins li flanc dóu boucau;
Calignariés la femo enca mai amarello,

Uno fado à poutoun mai que fòu, subre-caud,
N'atroubaras jamai l'amour, blous, eternau...
E l'eterne desir, o moun cor, te bourrello!...

II

Quand tu pourrais, à ta fantaisie, cueillir,
blanche ou pourpre, toute fleur éclose au nord
comme au midi; quand tu pourrais, à ta faim,
du fruit de toute branche, manger, si tu avais fait
pacte avec le traître sort;

Dans tes bras, quand tu pourrais étreindre les
hanches de toutes les jeunes filles, homme, si tu
étais assez fort, je te dis qu'à la fin, écrasé par
l'ennui, tu t'arrêterais en route et tu appellerais
la mort!

Car tu boirais en guise de vin les purs rayons
des étoiles, l'ivresse n'est pas dans les flancs du
broc; tu courtiserais la femme encore plus aimante,

Une fée aux baisers les plus fous, les plus ardents, tu ne trouveras jamais l'amour pur, éternel... et l'éternel désir, ô mon cœur, te torture!...

LI FABRE

A-N-ANFOS DAUDET

Coume un cavalié qu'èi pressa,
Arregardas lou jour passa :
Sus soun camin lou vèspre oumbrejo.
Tau qu'un bregand dins la fourèst,
La traito niue es à l'arrèst;
L'auro deja boufo plus frejo;

Boufo plus forto e fai gibla
Li pibo proumte à gingoula.
Lou bàrri di nivo s'estràsso;
L'or gisclo esbléugissènt, leissant
Un long ridèu coulour de sang
Que floto fouita pèr l'aurasso.

LES FORGERONS

A ALPHONSE DAUDET

Comme un cavalier qui se hâte, regardez le jour passer : sur son chemin le soir verse l'ombre. Tel qu'un brigand dans la forêt, la nuit traîtresse est à l'affût; le vent souffle déjà plus froid ;

Il souffle plus fort et fait pencher les peupliers prompts à gémir. Le rempart des nuages se déchire; l'or jaillit éblouissant et laisse un long rideau couleur de sang qui flotte, fouetté par la tempête.

L'encèndi s'atubo au tremount.
D'uno bataio de demoun
Dirias de-fes lou tuert aurouge ;
Dirias, dins li nivo espóuti,
Que de manescau fantasti
Tabason sus lou soulèu rouge.

Tantost dre, tantost se plegant,
Dins lou cèu li fabre gigant,
Brassejant d'uno ardour ferouno,
Forjon pèr lou jouine matin
Li rai d'or, li rai diamantin
Que dóu soulèu soun la courouno.

Belugo, uiau e lamp de fió,
Fan un grand e terrible jo :
La braso reboumbis en plueio ;
Tout crèmo, la terro e lou cèu ;
Fugisson li darriés aucèu ;
Lis aubre an de carboun pèr fueio.

L'incendie s'allume au couchant. D'une bataille
de démons on dirait parfois le choc orageux ; on
dirait, dans les nuages en lambeaux, que des ma-
réchaux fantastiques frappent sur le soleil rouge.

Tantôt debout, tantôt ployés, dans le ciel les
forgerons géants, avec des gestes ardents, farouches, forgent pour le jeune matin les rayons d'or,
les rayons de diamants qui du soleil sont la couronne.

Etincelles, éclairs, gerbes de feu, font un grand
et terrible jeu : la braise s'élance et retombe en
pluie ; tout brûle, la terre et le ciel ; les derniers
oiseaux fuient ; les arbres ont des charbons pour
feuilles.

Sus li serre blu i'a 'n moumen,
La luno espincho douçamen,
Coume uno nouvieto crentouso;
Dins soun bèu draiòu argenta
Sèmblo que n'auso pas mounta,
Tant l'esluciado èi sòuvertouso.

Li fabre devènon negras,
Lou martèu alasso li bras,
Lou fum ennivoulis la flamo;
E lou soulèu encourroussa,
De l'orre enclume cabussa,
Se jito dins la mar que bramo.

Sur les collines bleues, il y a un instant, la lune
doucement épie, comme une fiancée peureuse ;
dans son beau sentier argenté. il semble qu'elle
n'ose pas monter. tant l'éruption est formidable.

.

Les forgerons deviennent noirs. le marteau fatigue les bras, la fumée enveloppe la flamme ; et
le soleil en courroux. de l'horrible enclume ren-
versé, se jette dans la mer qui hurle.

SUS UN TABLÈU DÓU PROCACINO

Au museon de la Brera, en Milan

A CRESTIAN DE VILO-NOVO

Drecho, à rèire clinant sa tèsto palinello,
Sis iue plen de raioun veson lou paradis;
Soun péu descabela toumbo à négris anello
Sus sa peitrino blanco, ounte, en plour de roubis,

Lou sang raio... Eilamount un ange vouladis
Countèmplo amourousi la douço vierginello
En ié jitant de roso, e sèmblo que ié dis :
« Pecaire! » — e tendramen escarto la gounello.

Dins vosto obro que gràci e que jouvènço i'a,
O vièi mèstre! — La niue souvènt ai pantaia
Aquelo bello enfant e soun toucant martire.

Di bouco entre-duberto, em'un divin sourrire,
L'amo vai s'envoula... Suavo tèsto, amor
Que Procacino a mes tant d'amour dins la mort!

SUR UN TABLEAU DE PROCACINO

Au musée de la Brera, à Milan.

A CHRISTIAN DE VILLENEUVE

Debout, penchant en arrière sa tête pâle, ses
yeux pleins de rayons voient le paradis ; sa chevelure dénouée tombe en noires boucles sur sa
poitrine blanche, où, en pleurs de rubis,

Le sang coule... Là-haut, un ange voletant contemple épris d'amour la douce vierge en lui jetant
des roses, et il semble lui dire : « *Pecaire !* » —
et tendrement il écarte la tunique.

Dans votre œuvre quel charme et quelle jeunesse
il y a, ô vieux maîtres ! — La nuit souvent j'ai
rêvé cette belle enfant et son touchant martyre.

Des lèvres entr'ouvertes, avec un divin sourire
l'âme va s'envoler... Tête suave, parce que Procacino a mis tant d'amour dans la mort.

ABRIEU

A LA FELIBRESSO LEOUNTINO

Li proumiéri fueio an vesti l'aubriho
Un soulèu nouvèu mesclo si raioun
      Au verd di ramiho;
I poulidi flour volon lis abiho;
Jogon dins l'azur li blanc parpaioun.
Li proumiéri fueio an vesti l'aubriho;
Un nouvèu soulèu largo si raioun.

Lou printèms sourris, lou printèms encant
Tout cor douçamen es enfestouli,
      Touto amo es amanto;
L'aureto, la font, l'auceloun, tout canto
La cansoun d'amour que fai trefouli.
Lou printèms flouris, lou printèms encanto
La terro e lou cèu soun enfestouli!

AVRIL

A LA FÉLIBRESSE LÉONTINE

Les premières feuilles ont vêtu les arbres ; un soleil nouveau mêle ses rayons à la verdure des rameaux ; les abeilles volent aux jolies fleurs ; dans l'azur jouent les papillons blancs. Les premières feuilles ont vêtu les arbres ; un nouveau soleil épand ses rayons.

Le printemps sourit, le printemps charme ; tout cœur doucement est en fête, toute âme est aimante ; la brise, la fontaine, l'oiselet, tout chante la chanson d'amour qui fait tressaillir. Le printemps fleurit, le printemps charme : la terre et le ciel sont en fête.

Emé lou murmur dóu vènt dins li broundo,
Emé lou refrin di gai roussignòu,
    Moun cor, que desboundo,
Dins soun estrambord cantara la bloundo,
Bravo e bello tant que d'elo sian fòu!
Emé lou councert dóu vènt dins li broundo
E li trignoulet dóu gai roussignòu.

Vole te canta, caro Felibresso,
Canta tis iue blu, canta ti péu d'or,
    Ta bello jouinesso,
Toun fin esperit, ta puro tendresso
En de vers suau sisclant de toun cor;
Iéu vole canta, gènto Felibresso,
Tis iue plen de flamo e ti treno d'or.

Siés nosto mignoto e nosto gastado;
Di Felibre siés l'ourguei e l'ounour,
    La rèino e la fado!
De-longo vaqui perqué siés festado
Emé tant de joio, emé tant d'amour,
Tu, nosto mignoto e nosto gastado,
L'ourguei di Felibre e l'ur e l'ounour!

Avec le murmure du vent dans les frondaisons, avec le refrain des gais rossignols, mon cœur, qui déborde, dans son enthousiasme chantera la blonde si aimable et belle que d'elle nous sommes fous ! Avec le concert du vent dans les frondaisons et les trilles du gai rossignol.

Je veux te chanter, chère Félibresse, chanter · tes yeux bleus, chanter tes cheveux d'or et ta belle jeunesse, ton esprit fin, ta tendresse pure en vers suaves jaillissant de ton cœur ; je veux, moi, chanter, gente Félibresse, tes yeux pleins de flamme et tes tresses d'or.

Tu es notre mignonne et notre gâtée ; des Félibres tu es l'orgueil et l'honneur, la reine, et la fée ! Sans cesse voilà pourquoi tu es fêtée avec tant de joie, avec tant d'amour, toi, notre mignonne et notre gâtée, l'orgueil des Félibres, et l'heur et l'honneur !

Agues-n'en bèn siuen de nosto amigueto.
Tu, que lou bon Diéu a fa soun ami,
    E de la nouvieto
Claus lis iue d'enfant, barro li bouqueto
D'un tèndre poutoun quand voudra dourmi.
Agues-n'en bèn siuen de nosto amigueto.
Galant nòvie, tu, soun eterne ami!

Au mitan di flour, à l'oumbrun di lèio,
Lou festin es bèu : chourlen li vièi vin,
    Mangen li dragèio!
Vautre, coume antan Vincèu e Mirèio,
O nòvi, fasès de pantai divin!
Dins li flour d'abriéu, à l'oumbrun di lèio,
La taulo es superbo e vièi soun li vin!

Aies-en bien soin de notre jeune amie, toi que
le bon Dieu a fait son ami, et de la douce fiancée
clos les yeux d'enfant, ferme la petite bouche d'un
tendre baiser quand elle voudra s'endormir. Aies-
en bien soin de notre jeune amie, galant fiancé,
toi son éternel ami!

Au milieu des fleurs, à l'ombre des allées, le
festin est beau : buvons les vieux vins, mangeons
les dragées! Vous autres, comme jadis Vincent et
Mireille, ô fiancés, faites des rêves divins! Dans
les fleurs d'avril, à l'ombre des allées, la table
est superbe, et vieux sont les vins!

A DONO VIÓULETO-D'OR

Quand me regardon ti bèus iue,
Tis iue negre coume la niue,
Uno niue clafido d'estello ;
Quand me regardon ti grands iue,
Zani me ris dins ti prunello.

Sabe plus ço que te disiéu :
Tis iue se soun vira vers iéu
Plen de raioun e plen de flamo ;
Sabe plus ço que te disiéu,
Dins moun amo an vuja toun amo.

Aquéu vèspre avèn ploura 'nsèn.
Iéu countemplave en fernissènt
Tis iue se vela de lagremo ;
Aquéu vèspre avèn ploura 'nsèn,
Ploura d'amour, o douço femo !

A DONE VIOLETTE D'OR

Quand me regardent tes beaux yeux, tes yeux
noirs comme la nuit, une nuit comblée d'étoiles ;
quand me regardent tes grands yeux, Zani me rit
dans tes prunelles.

Je ne sais plus ce que je disais : tes yeux se sont
tournés vers moi pleins de rayons et pleins de
flamme ; je ne sais plus ce que je disais, dans
mon âme ils ont versé ton âme.

Ce soir-là nous avons pleuré ensemble. Moi je
contemplais en frémissant tes yeux se voiler de
larmes ; ce soir-là nous avons pleuré ensemble,
pleuré d'amour, ô douce femme !

L'AURO

Lou fuiage nais e tremolo;
Auro, tu que vas ounte vos,
Vers moun amigo volo, volo :
Porto-ié lou murmur di bos.

Dins lis erbo qu'escarrabiho,
La font cour en riban d'argènt :
Porto-ié la fresco babiho
E lou rire di clar sourgènt.

Coume uno mar verdo es la prado,
l' a pas un nivo dins lou cèu;
L'auceloun canto : à l'adourado
Porto la cansoun dis aucèu.

A LA BRISE

Le feuillage naît et tremble ; brise, toi qui vas où tu veux, vers mon amie vole, vole : porte-lui le murmure des bois.

Dans les herbes qu'elle réjouit, la fontaine court en ruban d'argent : porte-lui le frais babil et le rire des claires sources.

Comme une mer la prairie est verte, il n'y a pas un nuage dans le ciel ; l'oisillon chante : à l'adorée porte la chanson des oiseaux.

De taco d'or dins l'oumbro fousco
Jogon coume de parpaioun :
Porto-ié l'alenado tousco
Dis oumbrun mescla de raioun.

Sus li draiòu vène d'entèndre
Un galant brut de pichot pas :
Porto-ié lou parauli tèndre
Di paréu que se parlon bas.

D'abriéu l'aubo suavo arroso
Li flour presso d'un dous fremin :
Porto-ié lou perfum di roso
E l'amo di blanc jaussemin.

Duerbe sa porto, intro tout d'uno;
Vai d'aise, que n'ague pas pòu !
Caresso si trenello bruno
E fai un poutoun sus soun còu !

Des taches d'or dans l'ombre profonde jouent
comme des papillons : porte-lui la tiède haleinée
des ombrages mêlés de rayons.

Sur les sentiers je viens d'entendre un bruit
charmant de petits pas ; porte-lui les paroles tendres des couples qui se parlent bas.

D'avril l'aube suave arrose les fleurs prises d'un
doux frisson : porte-lui le parfum des roses et
l'âme des blancs jasmins.

Ouvre sa porte, entre d'un élan : va doucement.
qu'elle n'ait pas peur! Caresse ses tresses brunes,
et fais un baiser sur son cou!

LA VENUS D'ARLE

A PAUL ARENO

Siés bello, o Venus d'Arle, à faire veni fòu!
Ta tèsto èi fièro e douço, e tendramen toun còu
Se clino. Respirant li poutoun e lou rire,
Ta fresco bouco en flour de-qu'èi que vai nous dire?
Lis Amour, d'uno veto, emé gràci an nousa
Ti long pèu sus toun front pèr oundado frisa.
O blanco Venus d'Arle, o rèino prouvençalo.
Ges de mantèu n'escound ti supèrbis espalo;
Se vèi que siés divesso e fiho dóu cèu blu;
Toun bèu pitre nous bado, e l'iue plen de belu
S'espanto de plesi davans la jouino auturo
Di poumo de toun sen tant redouno e tant puro.
Que siés bello!... Venès. pople, venès teta
A si bèu sen bessoun l'amour e la bèuta.
Oh! sènso la bèuta de-que sarié lou mounde?
Luse tout ço qu'es bèu, tout ço qu'es laid s'escounde
Fai vèire ti bras nus, toun sen nus, ti flanc nus;
Mostro te touto nuso, o divino Venus!

LA VÉNUS D'ARLES

A PAUL ARÈNE

Tu es belle, ô Vénus d'Arles, à rendre fou ! Ta tête est fière et douce et tendrement ton cou s'incline. Respirant les baisers et le rire, ta fraîche bouche en fleur que va-t-elle nous dire ! Les Amours, d'un ruban avec grâce ont noué tes longs cheveux sur ton front, frisés par petites ondes. O blanche Vénus d'Arles ! ô reine provençale ! aucun manteau ne cache tes épaules superbes ; on voit que tu es déesse et fille du ciel bleu ; ta belle poitrine nous fascine, et l'œil, plein de rayonnements, se pâme de plaisir devant les jeunes éminences des pommes de ton sein, si rondes et si pures. Que tu es belle ! — Venez ! peuples, venez téter à ces beaux seins jumeaux l'amour et la beauté ! Oh ! sans la beauté, que deviendrait le monde ? Luise ce qui est beau, que tout ce qui est laid se cache ! Montre-nous tes bras nus, ton sein nu, tes flancs nus ; montre-toi

7

La bèuta te vestis miés que ta raubo blanco ;
Laisso à ti pèd toumba la raubo qu'à tis anco
S'envertouio, mudant tout ço qu'as de plus bèu :
Abandouno toun vèntre i poutoun dóu soulèu !
Coume l'èurre s'aganto à la rusco d'un aubre,
Laisso dins mi brassado estregne en plen toun maubre ;
Laisso ma bouco ardènto e mi det tremoulant
Courre amourous pertout sus toun cadabre blanc !
O douço Venus d'Arle ! o fado de jouvènço !
Ta bèuta que clarejo en touto la Prouvènço,
Fai bello nòsti fiho e nòsti drole san ;
Souto aquelo car bruno, o Venus ! i'a toun sang,
Sèmpre viéu, sèmpre caud. E nòsti chato alerto,
Vaqui perqué s'envan la peitrino duberto ;
E nòsti gai jouvènt, vaqui perqué soun fort
I lucho de l'amour, di brau e de la mort ;
E vaqui perqué t'ame, — e ta bèuta m'engano, —
E perqué, iéu crestian, te cante, o grand pagano !

toute nue, ô divine Vénus! la beauté te revêt
mieux que ta robe blanche; laisse à tes pieds
tomber la robe qui à tes hanches s'enroule, voi-
lant tout ce que tu as de plus beau : abandonne
ton ventre aux baisers du soleil ! Comme le lierre
s'enlace à l'écorce d'un arbre, laisse-moi dans
mes embrassements étreindre en plein ton marbre ;
laisse ma bouche ardente et mes doigts frémis-
sants courir amoureux partout sur la blancheur
de ton corps. O douce Vénus d'Arles ! ô fée de
jeunesse ! ta beauté qui rayonne sur toute la
Provence fait belles nos filles et sains nos gar-
çons ; sous cette chair brune, ô Vénus ! il y a ton
sang, toujours vif, toujours chaud. Et nos jeunes
filles alertes, voilà pourquoi elles s'en vont la
poitrine découverte ; et nos gais jeunes hommes,
voilà pourquoi ils sont forts aux luttes des taureaux, de l'amour, de la mort. Et voilà pourquoi
je t'aime, — et ta beauté m'ensorcelle, — et pourquoi, moi chrétien, je te chante, ô grande
païenne !

VIEIO CANSOUN

A-N-ANTOUNIN GLAIZE

La rescontre sus lis iero,
La chatouno di péu blound :
— Hola ? hòu ! passes bèn fièro !
Eh ! mounte vas, Madeloun?
— Vau au four pausa levame.
— Eh bèn ! i'anaras deman.
O mignoto ! t'ame ! t'ame ! —
E la prene pèr la man.

E lèu ausse ma cadaulo :
— As fam ? — Elo dis pas noun.
Alor nous metèn à taulo :
L'assète sus mi geinoun.
— Dau ! manjo ço que t'agrado ;
Te ! pessègue e pruno en flour !...
— Gramaci, bèu cambarado,
Ai fam que dóu pan d'amour.

VIEILLE CHANSON

A ANTONIN GLAIZE

Je la rencontre sur les aires, la jeune fille aux
blonds cheveux : — Holà ! hé ! tu passes bien
fière ! Où vas-tu donc, Madelon ? — Je vais au
four préparer le levain. — Eh bien ! tu iras demain. O mignonne, je t'aime ! je t'aime ! — Et
je la prends par la main.

Et vite je lève mon loquet : — As-tu faim ? —
Elle ne dit pas non. — Alors nous nous mettons
à table : je l'assieds sur mes genoux. — Allons,
mange ce qui te plaît ; tiens ! pêches et prunes
en fleur !... — Grand merci, beau camarade, je
n'ai faim que du pain d'amour.

Elo s'aubouro à la lèsto ;
. Zóu ! landan vers lou curat :
— Sourtès li bouquet de fèsto
E li candelié daura.
Abras lèu, abras li cire,
Bon curat, au mèstre-autar.
Sian pressa qu'es pas de dire ;
Maridas-nous, se fai tard !

D'aqui la mene à la danso,
La chatouno di pèu blound ;
Jougavon sus la credanço
Li flahuto e li vióuloun.
La man vers soun jougne souple,
Soun cor batènt sus moun cor,
Sèns vèire lis àutri couple
Viravian tóuti d'acord.

Mountan pièi à la chambreto :
— Ve noste pichot lié blanc ! —
Bello, emé li couloureto,
Restè muto en tremoulant.
— Madeloun, fai ta preguiero,
Coucho-te ! — Ié vau, ami. —
Mai aquelo niue proumiero
Madeloun a rèn dourmi.

Elle se lève promptement ; vite ! nous courons
chez le curé : — Sortez les bouquets de fête et les
chandeliers dorés. Allumez vite, allumez les
cierges, bon curé, au maître-autel. Nous sommes
pressés, c'est incroyable ! Mariez-nous, il se fait
tard !

De là, je la mène à la danse, la fillette aux cheveux blonds ; sur la crédence jouaient les flûtes .
et les violons. La main vers sa taille souple, son
cœur battant sur mon cœur, sans voir les autres
couples, nous tournions tous d'accord.

Puis nous montons à la chambrette : — Vois
notre petit lit blanc ! — Belle et toute rougissante,
en tremblant, elle resta muette. — Madelon, fais
ta prière, couche-toi ! — J'y vais, ami. — Mais,
cette première nuit, Madelon n'a pas dormi.

AVANS LA NIUE

A MADAMO MELÌO HAMELIN

La trenco sus lou còu, l'ome arribo au lindau;
La femo, dóu jardin, tourno em' un plen faudau,
E li bèsti-à la font van béure, e li chatouno
Querre d'aigo em'un bro clin sus l'anco redouno.

La pinedo, à l'errour, sèmblo un negre ventau;
Un grand fiò rouginèu fai trelusi l'oustau;
Dourmihous, lis enfant soupon d'uno poutouno.
Vers la jasso à mouloun lou troupèu s'acantouno.

Crid di pastre afouga, japa di chin courriòu,
Dindin d'esquerlo au còu dis aret embanaire,
Belamen sènso fin dis agnèu e di maire.

Lou Bouié celestiau dins lou cèu joun si biòu;
Di dos man, Diéu, amount, d'estello èi samenaire
Alor, ébri d'amour, canton li roussignòu.

AVANT LA NUIT

A MADAME AMÉLIE HAMELIN

Le hoyau sur le cou, l'homme arrive au seuil ; la femme s'en revient du jardin avec un plein tablier, et les bêtes à la fontaine vont boire, et les jeunes filles chercher de l'eau avec un broc incliné sur la hanche ronde.

Le bois de pins, au crépuscule, semble un noir éventail ; un grand feu rougeâtre fait resplendir la maison ; les enfants, somnolents, soupent d'un baiser. Vers la bergerie le troupeau en tas se rassemble.

Cris des pâtres empressés, aboiement des chiens qui courent, tintements de sonnettes au cou des béliers cornus, bèlements sans fin des agneaux et des mères.

Le Bouvier céleste dans le firmament accouple ses bœufs ; des deux mains, Dieu, là-haut, est semeur d'étoiles : alors ivres d'amour, chantent les rossignols.

PALINELLO

A LOUIS ROUMIEUX

D'uno estranjo flamo,
Au founs de la niue,
Dis estello l'amo
Atubo lis iue ;
Estello ni luno
Noun fan tressali
Coume de ma bruno
Li grands iue pali.

Mar que reboumbello,
Bos plen de rumour,
Digas à la bello
Moun làngui d'amour.

PALE

A LOUIS ROUMIEUX

D'une flamme étrange, au fond de la nuit, l'âme des étoiles allume les yeux ; étoiles ni lune ne font tressaillir comme de ma brune les grands yeux pâlis.

Mer qui rebondis, bois pleins de rumeurs, dites à la belle mon tourment d'amour.

A pléni jitello
Abriéu s'espandis,
E dins la pradello
Brodo un gai tapis;
Tendramen m'agrado,
Miés que touto flour,
De moun adourado
L'ardènto palour.

Mar que reboumbello,
Bos plen de rumour,
Digas à la bello
Moun làngui d'amour.

Dintre la verduro,
Lis e cremesin,
L'agroufioun empuro
La fam di sausin.
Ié fague ligueto!
Iéu, de poutoun glout,
Di pàli bouqueto
Sabe lou velout.

A pleines tiges, avril s'épanouit, et dans les prés il brode un gai tapis ; tendrement me charme, mieux que toute fleur, de mon adorée la pâleur ardente.

.

Mer qui rebondis, bois plein de rumeurs, dites à la belle mon tourment d'amour.

.

Parmi la verdure, lisse et cramoisie, la cerise excite la faim des pinsons. Qu'elle leur fasse envie ! Moi, glouton de baisers, des lèvres pâles je connais le velours.

.

.

Mar que reboumbello.
Bos plen de rumour,
Digas à la bello
Moun làngui d'amour.

Mer qui rebondis, bois pleins de rumeurs, dites à la belle mon tourment d'amour.

A L'AMIGO

QU'AI JAMAI VISTO

Escusas-me, Madamisello,
Mai leissas-me vous demanda
La coulour de vòsti trenello.
Despièi que m'avès enfada,
Proun fes moun esprit ié pantaio;
Car di chato que lou cor béu
Ço que lou mai me bouto en aio,
Noun es pèd prim, man fino, taio
Encantarello, iue que dardaio,
Gràci, tendresso... : es lou long péu.

Lou péu! lou péu! aquelo glòri
Gisclado di man dòu bon Diéu;

A L'AMIE

QUE JE N'AI JAMAIS VUE

Pardonnez-moi, Mademoiselle, et laissez-moi
vous demander quelle est la couleur de vos
tresses. Depuis que vous m'avez ensorcelé, bien
souvent mon esprit en rêve ; car des jeunes filles
que le cœur convoite, ce qui le plus m'exalte, ce
n'est pas pied mignon, main fine, taille enchan-
teresse, œil qui darde, grâce, tendresse... : ce
sont les longs cheveux.

Les cheveux ! les cheveux ! cette gloire jaillie
des mains du bon Dieu ; les cheveux ! ce chef-

Lou péu ! aquéu cap-d'obro flòri,
Aquéli rai paupable, viéu !
De li mira 'n touto jouvènto
Acò m'enchusclo e fai fresi.
Voudriéu èstre l'auro que vènto
E me perdre i como mouvènto,
O la pienche au couifa savènto
E dins lou drud mordre à plesi !

Avès-ti la treno castagno
Di chato que van, lou matin,
Mena li cabro à la mountagno ?
Si pèd mouret, franc de patin,
An lou perfum di ferigoulo :
Trepon li baus escalabert
Sènso esfraia li reguindoulo,
E, quand sauton i farandoulo,
Soun péu castan arrage coulo
Dins lou boumbet entre-dubert.

Di bloundo sias-ti sorre ? L'uno,
Fadeto, ai ! las ! que mor trop lèu,

d'œuvre triomphant, ces rayons vivants, palpables !
De les contempler en toute jeune fille, cela m'eni-
vre, me fait frissonner. Je voudrais être la brise
qui souffle et me perdre aux chevelures mouvantes,
ou le peigne à coiffer habile, et dans le dru mordre
à plaisir !

Avez-vous la tresse châtain des jeunes filles qui
vont, le matin, conduire les chèvres à la montagne ? Leurs pieds brunis, libres de chaussures,
ont le parfum du thym : elles hantent les rocs
escarpés sans effrayer les lézards gris, et, quand
elles sautent aux farandoles, leurs cheveux châ-
tains, en désordre, coulent dans le corsage entr'ouvert.

Des blondes êtes-vous sœur ? L'une, petite fée,
hélas ! qui meurt trop tôt, Ophélia, aux cheveux

Oufelio à péu plen de luno ;
L'autro, à frisoun plen de soulèu,
Sèmpre mai renadivo, a gaire
Qu'un bais de l'oundo pèr ajust ;
Parlo i felibre em' i pescaire,
E li marin que de tout caire
Van à la fiero de Bèu-caire
Toujour te rescontron, Venus !

Soul vièsti de la Madaleno,
O fourèst de si péu de fiò !
Quand touto bello, blanco, leno,
Plouro la pecairis, en-liò
Noun trouvant Diéu qu'en la calaumo,
Coume uno flamo si trachèu
Semblon crema la Santo-Baumo.
Despièi, alin, la flour di caumo
De l'encèns de si péu embaumo
L'erbo e l'aubre, l'ome e l'aucèu.

.

Pourtas-ti la negro courolo
Qu'anelavo lou gai coutet

.

pleins de lune ; l'autre, aux boucles pleines de
soleil, sans cesse renaissante, n'a guère qu'un
baiser de l'onde pour parure ; elle parle aux poètes
et aux pécheurs, et les marins qui de tout pays
vont à la foire de Beaucaire te rencontrent toujours, ô Vénus !

Seul vêtement de la Madeleine, ô forêt de ses cheveux de feu ! quand douce, blanche, toute belle, la
pécheresse pleure, nulle part ne trouvant Dieu que
dans la quiétude, sa chevelure, comme une flamme,
semble embraser la Sainte-Baume. Là-haut, depuis lors, la fleur des cimes parfume de l'encens
de ses cheveux l'herbe et l'arbre, l'homme et
l'oiseau.

Portez-vous la noire torsade qui retombait en
boucles sur la nuque charmante de Zani, de ma

De Zani, de ma caro drolo,
E qu'an souvènt mescla mi det ?
O bèlli trenello negrasso
Coume la niue e la brumour,
Coume l'alo di tartarasso,
Coume un tron que l'uiau estrasso,
Feroujo, enebrianto de raço,
Que m'avès tant liga d'amour !

Péu negre de la rèino Jano
E de madamo Marcabrun,
Espigo duro d'Italiano,
Toursudo à flot sus lou còu brun,
Coume la serp que s'envertouio
E que s'eirisso, e que fai pòu,
O torco ! urous quau vous embouio
(Car lou caligna desmemouio) !
Quau em' uno chato a garrouio
Pèr un poutoun pres sus soun còu !

Remembras-ti la Desdemouno
Souto lou porge de Sant-Marc,

bien-aimée et qu'ont souvent emmêlée mes doigts ?
O belles tresses noires, noires comme la brume et
comme la nuit, comme l'aile des oiseaux de proie,
comme le nuage que l'éclair déchire, farouches
et enivrantes de race, qui m'avez si fort lié d'a-
mour !

Cheveux noirs de la reine Jeanne et de madame
Marcabrun [1], épis serrés d'Italienne, tordus à flots
sur le cou brun, comme le serpent qui enlace et
qui fait peur ; ô tresses ! heureux celui qui vous
brouille (car l'amour fait délirer) ! heureux celui
qui avec une jeune fille a querelle pour un baiser
pris sur son cou !

Ressemblez-vous à la Desdemona sous le porche

[1] La plus fameuse poëte en nostre langue provensalle
Jean de Nostre-Dame).

Quand Otello, poumpous, ié douno
La man e descènd vers la mar ?
Lou page, que s'escarrabiho
Emé duquesso e chivalié,
Enterin que jogo e babiho,
Laisso trinassa la raubiho,
Qu'à bèu pan, trop grèvo, escoubi ho
Lou maubre fièr dis escalié.

De sa caloto cremesino,
Que flourisson perlo e roubis,
Sus sa raubo d'or que cracino,
Soun péu en ventau s'espandis.
Lou soulèu, que dins l'erso clugo,
Abro enca mai lis amourous ;
D'aquel encèndi qu'esbarlugo
Ço que lou mai esparpelugo,
Di diamant es pas li belugo
Mai lou trelus di grand péu rous.

Ah ! de vosto cabeladuro,
Certo ! noun sabe lou secrèt,

de Saint-Marc, quand Othello, pompeux, lui donne
la main et qu'elle descend vers la mer? Le page,
qui se fait espiègle avec duchesses et chevaliers,
pendant qu'il joue et babille, laisse trainer la robe
qui, à beaux plis, trop lourde, balaye le marbre
fier des escaliers.

De sa calotte cramoisie, fleurie de rubis et de
perles, sur sa robe d'or qui bruit, ses cheveux en
éventail s'épandent. Le soleil, qui dans la vague
s'éteint, embrase d'un plus vif éclat les amoureux ;
de cet incendie qui éblouit, ce qui le plus fait
baisser la paupière, des diamants ce ne sont pas
les étincelles, mais le rayonnement des grands
cheveux roux.

Ah ! de votre chevelure, certes ! j'ignore le
secret. Mais quand à votre ceinture, elle tombe,

8

Mai quand toumbo à vosto centuro,
Segur es un delice escrèt...
De qué soun li rai dis estello,
De qu'es l'esplendour dóu soulèu,
Contro la como qu'enmantello
De soun velout, de sa dentello?
O paparri de farfantello,
Ounte li sen fan dous relèu!

assurément, c'est un pur délice... Que sont les
rayons des étoiles, qu'est la splendeur du soleil,
à côté de la chevelure qui vous enveloppe de son
velours, de sa dentelle ? O mantille d'éblouisse-
ments, où les seins font deux reliefs !

SOUTO LA LEIO DE LA MADALENO

A LUD VI LE GRÉ

Toujour, dempièi, me n'ensouvèn :
Un blanc riban jougavo au vènt,
Entre li branco de la lèio,

E cridères, urous jouvènt :
« Ve! ma migo, ve-la que vèn !... »
— Me semblè de vèire Mirèio.

Pèr nous douna soun gai bon-jour,
Se revirè la vierginello ;

E soun bèu rire e si prunello ;
Disien : « Amour ! amour ! amour ! »

SOUS LES ALLÉES DE LA MADELEINE

A LUDOVIC LEGRÉ

Toujours, depuis, il m'en souvient : un blanc ruban jouait au vent, entre les branches de l'allée,

Et tu t'écrias, heureux jeune homme : « Vois ! ma mie, la voilà qui vient !... » — Il me sembla voir Mireille.

Pour nous donner son gai bonjour, elle se retourna, la douce vierge ;

Et son beau sourire et son regard disaient : « Amour ! amour ! amour ! »

S.

LI FIANÇO

Plasènto es l'encountrado, e tambèn dins l'andano
Èi dous de camina, l'estiéu, de bon matin.
          Ludovi Legré.

Cercas l'andano fresco e la draio flourido;
          Anas-vous-en, gais amourous.
Dins li prat estela de blànqui margarido,
          Dins li bousquet, dins li blad rous.

En vous frustant de l'alo, enterin que vounvouno
          Lou tavan d'or à voste entour,
Di floureto de Diéu fasès-vous de courouno
          Pèr vòsti front brulant d'amour.

LES FIANÇAILLES

Délicieux est le site ; aussi dans l'avenue
il est doux de cheminer, l'été, de grand
matin.

Ludovic Lacré.

Cherchez l'allée fraîche et le sentier en fleurs ;
allez-vous-en, gais amoureux, dans les prés étoilés
de blanches marguerites, dans les bosquets, dans
les blés roux.

En vous frôlant de l'aile, pendant que bourdonne la sésie d'or autour de vous, des petites
fleurs de Dieu faites-vous des couronnes pour vos
fronts brûlants d'amour.

Murmur di blad, piéu-piéu d'aucèu, cansoun de l'auro,
    Enebrias lis amourous !
Chaine, erbo, arregardas se Petrarco emé Lauro
    Fuguèron jamai tant urous !

A-geinoun sus lou bord de sa raubeto blanco,
    Pale, de bonur espanta,
Digo-me, moun ami, digo-me ço que manco
    A toun amour, à sa bèuta !

Pèr tu l'ardènt poutoun de si bèlli bouqueto,
    Pèr tu li roso de soun sen :
Coulo d'aise, en passant miraio-lèi, sourgueto,
    Dins toun linde mirau d'argènt.

Sa mano fino, à toun còu, pèr delice passado,
    Elo tremolo, elo te ris :
Sarro-la sus toun cor; dins si càudi brassado
    Atrouvaras lou paradis !

Murmures des blés, gazouillis d'oiseaux, chanson du vent, enivrez les amoureux! Chênes, herbes, regardez si Pétrarque et Laure furent jamais si heureux!

A genoux sur le bord de sa robe blanche, pâle, de bonheur pâmé, dis-moi, mon ami, dis-moi ce qu'il manque à ton amour, à sa beauté!

Pour toi l'ardent baiser de ses belles lèvres, pour toi les roses de son sein : coule plus lentement, en passant mire-les, petite source, dans ton clair miroir d'argent.

Sa main fine à ton cou passée avec délice, elle tremble, elle te sourit: serre-la sur ton cœur; dans ses chauds embrassements, tu trouveras le paradis.

Velout dóu grame verd, lano que lou brusc gleno,
     Tu, roujo flour dóu miougranié,
La nouvieto tresano e soun péu se destreno,
     Fasès un nis sènso parié :

Un nis tout perfuma d'amour e de jouinesso,
     Enfada di plus bèu pantai ;
Un nis ounte la som lucho emé li caresso
     E souto li poutoun s'envai.

Grands aubre, clinas-vous, plen de pas et d'oumbrage ;
     Tendramen, vers éli, lèu-lèu,
Coume de bras ami clinas voste fuiage ;
     Prenès-lèi dins voste mantèu.

Que l'ome vegue rèn d'aquelo fèsto douço,
     Fèsto d'amour, fianço d'estiéu :
Fournigo, parlo-n'en soulamen à la mousso,
     E tu, fourèst sublimo, à Diéu !

Velours du vert gramen, laine (des toisons) que glane la bruyère, toi, rouge fleur du grenadier, la fiancée tressaille et sa chevelure se dénoue, faites un nid sans pareil :

Un nid tout parfumé de jeunesse et d'amour, enchanté par les plus beaux rêves ; un nid où le sommeil lutte avec les caresses et sous les baisers s'en va.

Grands arbres, inclinez-vous, pleins de paix et d'ombre : tendrement, vers eux, vite, vite, comme des bras amis, inclinez votre feuillage ; prenez-les dans votre manteau.

Que l'homme ne voie rien de cette fête douce, fête d'amour, fiançailles d'été : fourmi, parles-en seulement à la mousse, et toi, forêt sublime, à Dieu !

L'OULIVIE

A-N-ALFRED CHAILAN

Dins la pas de l'azur ta ramiho s'estalo
Coume un ventau lóugié, verdo en touto sesoun ;
Lis aucèu trefouli l'emplisson de cansoun ;
Quand boufo lou vènt-larg, ris ta broundo argentalo.

E soun rire, mescla de tèndri fernisoun,
Retrais au risoulet d'uno amourouso, palo
S'un jouvènt en passant ié pico sus l'espalo.
Luen de la mar toujour mores de languisoun ;

Car te fau li perfum salabrous de la duno,
Lou regiscle dis erso au pitre bacela.
Noste arderous soulèu que fai la terro bruno,

Tant l'ames, que, se vèn d'asard à se nebla,
Toun fuiage, au marin sutièu à tremoula,
N'en gardo lou rebat dous coume un clar de luno.

L'OLIVIER

A ALFRED CHAILAN

Dans la paix de l'azur tes branches s'étalent comme un éventail léger, vertes en toute saison ; les folâtres oiseaux les emplissent de chansons ; quand souffle le vent du large, rit ta ramure argentée,

Et son rire mêlé des tendres frissonnements rappelle le sourire d'une amoureuse, pâle si un jeune homme en passant lui frappe sur l'épaule. Loin de la mer tu meurs toujours de nostalgie ;

Car il te faut les parfums salins de la dune, l'éclaboussement des vagues à la poitrine flagellée. Notre ardent soleil qui brunit la terre,

Tu l'aimes tant que, par hasard, s'il vient à se cacher, tes feuilles, qui au vent marin ne cessent de trembler, en gardent le reflet doux comme un clair de lune.

LI FOURNIGO

A-N-ALÈSSI MOUZIN

I

Ausès lou gau que canto :
Es l'ouro que se planto,
L'aubo vai pouncheja :
Se lou soulèu dardaio.
Iuei faren proun tres paio
Avans soulèu coucha.

An! pourgès lèu de garbo!
Prenès-lei pèr la barbo,
Pescas au cavalet!
Ardit! à la plantado;
Ardit! à la caucado,
Lis ome, li varlet!

LES FOURMIS

A ALEXIS MOUZIN

I

Entendez le coq qui chante : c'est l'heure où l'on dresse (les gerbes sur l'aire), l'aube va poindre ; si le soleil darde, aujourd'hui nous foulerons trois jonchées d'épis avant le coucher du soleil.

Allons ! donnez vite des gerbes ! prenez-les par la barbe, attaquez ferme cette meule ! Hardi ! dressons ; hardi ! foulons, les hommes, les valets !

L'uno à l'autro cougnado.
Li garbo soun quihado :
Bon Diéu, qu'acò 's grana !
La pouncho dóu voulame
Tranco tóuti li liame...
Dau ! poudès engruna !

Ase, miòu e cavalo,
La rodo ardènto escalo...
E vague de vira !
E li garbo chaplado
Parton à grand voulado
Souto li pèd ferra.

II

Chivau e miòu de courre.
Lis iue tapa, l'escumo au mourre ;
S'un cabusso, fau que s'auboure
Souto li cop de fouit.
Tambèn dins la versano,
Au bout de la caussano,

Pressées l'une contre l'autre, les gerbes sont debout : bon Dieu, comme c'est grené ! La pointe de la faucille tranche tous les liens... En avant ! vous pouvez dépiquer !

Anes, mulets et cavales, la *roue* ardente escalade... et de tourner ! Et les gerbes hachées jaillissent à grands jets sous les pieds ferrés.

II

Chevaux et mulets de courir, les yeux bandés, l'écume au mufle ; si l'un s'abat, il faut qu'il se relève sous les coups de fouet. Aussi dans le sillon, au bout de la longe, chaque bête tressaille

Chasco bèsti tresano

E tout lou sang ié boui,

Quand peto un cop de fouit.

Ah! i! ah! i! ah! i! ah! i!

Li fournigo folo,

Entre li fourcolo,

Entre li rastèu,

Meme sout li ferre

Di bèsti, van querre

Li gran li plus bèu.

Uno, d'aventuro,

Rescontro uno auturo

E pauso soun fai :

La mountado es rudo:

Ié vèn uno ajudo

E trinasso mai.

Uno, touto fièro,

Carrejo sus l'iero

Un bèu gran bessoun;

Uno autro l'arrèsto...

et tout le sang lui bout, quand claque un coup de
fouet. Ah! hi! ah! hi! ah! hi! ah! hi!

Les fourmis folles, entre les fourches, entre les
râteaux, jusque sous les fers des bêtes, vont
chercher les grains les plus beaux.

L'une, d'aventure, rencontre une butte et pose
son fardeau : la montée est rude ; il lui vient une
aide et elle traîne encore.

L'une, toute fière, sur l'aire charrie un beau
grain jumeau ; une autre l'arrête... De cul et

De quiéu e de tèsto
Van de tirassoun.

Vaqui la bataio!
Tóuti soun en aio...
Pople dóu travai
E de la fatigo,
Pople di fournigo,
Requiéules jamai!

Chivau e miòu de courre,
Lis iue tapa, l'escumo au mourre;
S'un cabusso, fau que s'auboure
Souto li cop de fouit.
Tambèn dins la versano,
Au bout de la caussano,
Chasco bèsti tresano
E tout lou sang ié boui,
Quand peto un cop de fouit.
Ah! i! ah! i! ah! i! ah! i!

Tèsto roujo e negro,
La caud lis alegro.

de tête, elles vont rampant.

Voilà la bataille ! Toutes sont en émoi... Peuple
du travail et de la fatigue, peuple des fourmis,
tu ne recules jamais !

Chevaux et mulets de courir, les yeux bandés,
l'écume au mufle ; si l'un s'abat, il faut qu'il se
relève sous les coups de fouet. Aussi dans le
sillon, au bout de la longe, chaque bête tressaille
et tout le sang lui bout, quand claque un coup de
fouet. Ah ! hi ! ah ! hi ! ah ! hi ! ah ! hi !

Têtes rouges et noires, la chaleur les ébaudit.

Lou pople entié sort !
E lèu dos armado
Tout enferounado
Se tuerton à mort.

Pèr faire la guerro,
De dessouto terro
Mounton de pertout :
Longo tirassado
En co de rassado,
Que n'a ges de bout.

Soun tóuti pèr orto !
A l'entour di porto,
I ribo di trau,
N' i' en a belèu milo
Que gardon la vilo
Em' un generau.

Lis autro, cheresclo,
S'envan à la mesclo,
Sèns fin, sèns retard.
Au soulèu que baisso.

le peuple entier sort; et bientôt deux armées,
toutes furibondes, se heurtent à mort.

.

Pour faire la guerre, de leurs souterrains elles
montent de toutes parts : longue traînée en queue
de lézard, qui n'a pas de bout.   .

.

Toutes sont en campagne ! Autour des portes,
aux bords du trou, il en est peut-être mille qui
gardent la ville avec un général.

.

Les autres, fluettes, s'en vont à la mêlée, sans
fin, sans retard. Au soleil qui baisse, luisent

.

Luson dins la raïsso
Li négri sóudard.

Chivau e miòu de courre,
Lis iue tapa, l'escumo au mourre;
S'un cabusso, fau que s'auboure
    Souto li cop de fouit.
    Tambèn dins la versano,
    Au bout de la caussano,
    Chasco bèsti tresano,
    E tout lou sang ié boui
    Quand peto un cop de fouit.
Ah! i! ah! i! ah! i! ah! i!

III

    Mai l'espigo es proun trisso
    De-long d'uno sebisso,
    Souto un gros amourié,
    Menon li bèsti lasso
    Que manjon à la biasso
    Coume à-n-un rastelié.

dans la bagarre les noirs soldats.

Chevaux et mulets de courir, les yeux bandés,
l'écume au mufle; si l'un s'abat, il faut qu'il se
relève sous les coups de fouet. Aussi dans le sillon, au bout de la longe, chaque bête tressaille,
et tout le sang lui bout, quand claque un coup
de fouet. Ah! hi! ah! hi! ah! hi! ah! hi!

III

Mais l'épi est assez broyé; le long d'une haie,
sous un gros mûrier, on mène les bêtes lasses,
qui mangent au sac comme à un râtelier.

Dóu batut que s'aplano
Lou grand galafre embano
La paio à vertoulet,
E lou bèu blad roussejo
Sus l'eiròu que netejo
L'escoubo di varlet.

Que la meissoun es bello!
Lou gran blound s'encamello
Au crapié 'nca mescla:
Subran uno man forto
D'un cop d'escoubo emporto
Fournigo e gran de bla!

E dins li nivo aurouge,
Lou soulèu large e rouge
Descènd toujours plus bas :
I bèsti la civado,
Is ome l'ensalado,
En tóuti de soulas!

De la jonchée aplanie, le grand trident en-
fourche la paille à meulons, et le beau blé apparait
roux sur l'aire que nettoie le balai des serviteurs.

.

Que la moisson est belle! Le grain blond s'accumule, aux criblures encore mêlé : soudain une
main forte d'un coup de balai emporte fourmis et
grains de blé!

.

Et dans les nuages farouches, le soleil large et
rouge descend toujours plus bas : aux bêtes
l'avoine, aux hommes la salade, à tous du repos!

LA FIHO· DE BORNIER

A SOUN PAIRE

En touto elo la flour dóu Bèu es espandido :
A lou charme enaurant, a la gràci candido,
A la douço fierta di cor flame ; lou vènt
Ajougui dins si péu desnousa vai e vèn.

N'a treva que li cimo encaro. Esbalauvido,
Coume un soulèu levant arregardo la vido ;
Li trelus flamejant i'escoundon lis aven.
Dóu castèu de Montblois pantaio, e proun souvènt

Dins soun jouine estrambord l'enfant tèn plus sesiho.
Fernissènto, superbo e palo, quand nous dis
La sublimo cansoun dis Espaso, avès vist

Si grands iue plen d'uiau souto si lòngui ciho?
— Ta bello chato ansin vers l'ideau trachis :
Es fiho de toun sang, de toun engèni es fiho!

LA FILLE DE BORNIER

A SON PÈRE

En toute elle la fleur du Beau est épanouie; elle a le charme céleste, elle a la grâce candide, elle a la douce fierté des cœurs nouveaux; le vent joue en passant dans ses cheveux dénoués.

Elle n'a hanté que les cimes encore. Eblouie, comme un soleil levant elle contemple la vie; les rayons flamboyants lui cachent les abîmes. Du château de Montblois elle rêve, et bien souvent

Dans son jeune enthousiasme l'enfant ne tient plus en place. Frémissante, superbe et pâle, quand elle nous dit la sublime chanson des Epées, avez-vous vu

Ses grands yeux pleins d'éclairs sous les longs cils? Ta belle enfant ainsi vers l'idéal s'élève : elle est fille de ton sang, de ton génie elle est fille.

LI NOÇO DE MISTRAU

Bello chatouno,
Courouno pèr plesi
De ti poutouno
Lou front de toun ami :
Di plus tèndri pantai
Enfado emé ti bais
Aquéu front aut e fièr
Souto lou lausié verd.

La glòri es vano
E noun i'a que l'amour,
Quand tout debano,
Qu'escapo à la brumour.
Es meiour d'èstre ama
Que d'èstre renouma :
L'amour es un lausié
Que n'a pas soun parié.

LES NOCES DE MISTRAL

Belle jeune fille, couronne par plaisir, de tes caresses, le front de ton ami; dans les plus tendres rêves charme avec tes baisers ce front haut et fier sous le laurier verdoyant.

La gloire est vaine et il n'est que l'amour, quand tout s'écroule, qui échappe à la brume. Il est meilleur d'être aimé que d'être illustre : l'amour est un laurier qui n'a point son pareil. ⁄ ⸂

Dins toun abounde,
Felibre sènso egau,
   Plus rèn au mounde
Poudié te faire gau;
Plus rèn que l'amour fres
D'uno enfant coume res
N'a jamai atrouva
L'ideau tant rava.

Douço Mirèio,
Pren lou bras de Vincèn;
   Dins li sadrèio
Esmarras-vous ensèn.
En vous vesènt passa
L'un à l'autre enliassa,
Li pastre de la Crau
Diran : — D'aquéu Mistrau!

Noblo Esterello,
Emé toun Calendau,
   Vers lis estello
Mountas peramoundaut;
Au-dessus dis aven
E de la niue que vèn,
Mountas dins lou trelus
D'ounte se tourno plus!

Dans ton rassasiement, félibre sans égal, plus
rien au monde ne pouvait te faire envie; plus
rien que le frais amour d'une enfant comme personne n'a jamais rencontré l'idéal tant rêvé.

Douce Mireille, prends le bras de Vincent; dans
l'herbe balsamique égarez-vous ensemble. En
vous voyant passer l'un à l'autre enlacés, les pâtres
de la Crau diront : — Oh! ce Mistral!

Noble Estérelle, avec ton Calendal, vers les
étoiles montez au haut du ciel; au-dessus des
abimes et de la nuit qui vient, montez dans la
splendeur d'où l'on ne retourne plus.

Tout blanc, en maubre,
Ai vist de bas-relèu,
Souto lis aubre,
Caressa dóu soulèu :
L'Engèni e la Bèuta
Sus un tronc asseta.
Coume un couple d'amant
Se tènon pèr la man.

E l'auro vènto ;
Pòu faire de laid jour,
E la jouvènto,
Bello, sourris toujour ;
L'eros eternamen
Gardo soun sarramen :
Ni sero ni matin
Finisson lou festin.

Dijoun, 27 de setèmbre de 1876.

Tout blancs, marmoréens, j'ai vu des bas-reliefs.
que sous les arbres caressait le soleil. Le Génie
et la Beauté, sur un trône assis, comme un
couple d'amants se tiennent par la main.

Et le vent souffle; il peut faire des jours mauvais, et la jouvencelle, belle, toujours sourit: le
héros éternellement garde son serment : ni soir
ni matinée ne finissent le festin.

Dijon, 27 septembre 1876.

AU PINTRE PÈIRE GRIVOLAS

Dins lou tèms de Fidias, segur, s'ères nascu,
Sariés esta de-longo ébri de bèuta puro,
Car soul l'amour dóu bèu es la flamo qu'empuro
L'art que de-fes se nèblo e n'èi jamai vincu.

Mai bourgès abesti, marchand à det croucu,
Grouant à toun entour, te fan la vido duro;
Pèr i'escapa t'envas vers la siavo Naturo,
Oublides tout em'elo, enjusquo lis escut.

Libre e countènt, trevant li bos e li mountagno,
Landes, lou front dins l'aubo e li pèd dins l'eigagno;
Un rire de chatouno, un raioun de soulèu,

. T'enauron sai pas mounte, e dins ti fres tablèu
Metes tant veramen l'aflat de ta bello amo,
Ami, que quau li vèi, sèns te counèisse, t'amo.

AU PEINTRE PIERRE GRIVOLAS

Au temps de Phidias, assurément, si tu étais né, tu aurais été sans cesse enivré de beauté pure, car seul l'amour du beau est la flamme où s'avive l'art qui parfois se voile et n'est jamais vaincu.

Mais bourgeois abêtis, marchands aux doigts crochus, grouillant autour de toi, te font la vie dure; pour leur échapper tu t'en vas vers la calme Nature, tu oublies tout avec elle, jusques aux écus.

Libre et content, hantant les bois et les montagnes, tu erres, le front dans l'aurore et les pieds dans la rosée; un rire de jeune fille, un rayon de soleil,

T'exaltent je ne sais où, et dans tes frais tableaux tu mets si sincèrement le reflet de ta belle âme, que celui qui les voit, sans te connaitre, t'aime.

10

A-N-UN PINTRE FLOURISTO

Es uno amo d'enfant, douço coume li flour
Que tant poulidamen pinto de sa man fado;
Es un cor noble e fièr, tèndre coume l'Amour.
Pantaio que lou bèu, e sa puro pensado

Ravassejo li chato e si bèlli coulour;
D'uno amigo voudrié li frésquis embrassado :
Coume ié parlon, mut, sis iue bagna de plour!
Que tendresso infinido en soun cor estoufado!

Caligno pèr delice e pinto tant que pou,
E l'amour de la flour e de la vierginello
Se mesclo dins soun amo e l'enauro e l'esmòu;

Car amourousamen chasco flour ié rapello
Lou blu de si vistoun, l'or fin de si trenello,
Li roso de si bouco e l'iéli de soun còu.

A UN PEINTRE DE FLEURS

C'est une âme d'enfant, douce comme les fleurs
que peint si joliment sa main fée; c'est un cœur
noble et fier, tendre comme l'Amour. Il ne rêve
que le beau, et sa pure pensée

Songe aux jeunes filles, à leurs belles couleurs;
d'une amie il voudrait les frais embrassements :
comme leur parlent, muets, ses yeux mouillés de
pleurs! Quelle tendresse infinie en son cœur
étouffée!
Il fait l'amour avec délices et il peint tant qu'il
peut, et l'amour de la fleur et de la vierge se
mêle dans son âme et l'élève et l'émotionne;

Car amoureusement chaque fleur lui rappelle
le bleu de leurs yeux, l'or fin de leurs tresses, les
roses de leurs lèvres et le lis de leur cou.

A MADAMISELLO SOFIO DE L....

I

Durbènt vosto gènto fenèstro,
Madamisello, lou matin,
Escoutas la cansoun campèstro
Dis ancèu de voste jardin.

Canton e volon dins li branco;
Sa cantadisso vous fai gau.
Enterin, sus vosto man blanco
Voste bèu front se clino un pau.

Vosto man trempo, blanco e leno,
Dins vòsti péu; l'auro s'esmòu,
Tendramen l'aureto qu'aleno
Li desnouso sus voste còu.

A MADEMOISELLE SOPHIE DE L....

I

En ouvrant votre fenêtre charmante, le matin,
Mademoiselle, vous écoutez la chanson champêtre
des oiseaux de votre jardin.

Dans les branches ils chantent et volent; leur
joyeux concert vous ravit. En même temps, sur
votre main blanche votre beau front s'incline un
peu.

Votre main plonge, blanche et douce, dans vos
cheveux; la brise s'élève, tendrement la brise qui
souffle les déroule sur votre cou.

10.

Sèmblo d'abord que quaucun parlo
Dins lou bousquet founs e ramu :
Es lou canta de la bouscarlo
Qu'acoumenço quand tout es mut.

Sus li tèule, un grand brut d'aleto ;
Sèmblo, de-fes, que quaucun ris :
Vaqui li fòli dindouleto
Que jogon à l'entour di nis.

Deja la vivo couquihado
Jito soun crid e mounto lèu,
Mounto béure l'escandihado
E l'enebriamen dóu soulèu.

S'ausis subran un cant tant tèndre
Dóu mié de la baragno en flour,
Que tout fai pauso pèr entèndre
Aquéu cant de joio e d'amour.

Dins vòsti péu lisc s'escound touto
Vosto man de rèino : Que dis
Lou roussignòu ? Vosto amo escouto
Soun aubado de paradis.

On dirait d'abord que quelqu'un parle dans le
bois profond et touffu : c'est le chant de la fau-
vette qui commence quand tout est encore muet.

Sur les tuiles un grand bruit d'ailes; on dirait
parfois que quelqu'un rit : ce sont les folles hirondelles qui jouent autour des nids.

Déjà le vif cochevis jette son cri et monte vite,
monte boire les rayons ardents et l'enivrement du
soleil.

Soudain s'élève un chant si tendre du milieu de
la haie en fleurs, que tout se tait pour entendre
cet hymne de joie et d'amour.

Dans votre chevelure soyeuse se cache tout
entière votre main de reine : que dit le rossignol?
Votre âme écoute son aubade de paradis.

E basto, iéu, Madamisello,
Paure cantaire prouvençau.
De vous tant toucanto e tant bello,
Fuguèsse ansin escouta 'n pau!

Mi coublet, triste o gai, soun coume
Aquélis ancèu amistous :
De pensado moun cor es coume
E iéu l'escampe davans vous.

II

Lou tèms èi sourne, ai! las! e fai niue dins moun amo;
Moun cor porto lou dòu dis ami qu'ai perdu ;
Lis un m'an deleissa, lis autre m'an vendu :
O moun Diéu! qu'es marrit d'avé 'n cor que tant amo!

Moun cor porto lou dòu dis ami qu'ai perdu!
Ounte èi que soun ana? La vido m'es amaro :
Oh! s'èron tóuti mort!... Li que vivon encaro
Perqué tant liuen de iéu lou sort lis a coundu?

Et plaise à Dieu, Mademoiselle, que moi, pauvre chanteur provençal, je sois ainsi écouté un peu de vous, si belle et si touchante!

Mes stances, tristes ou gaies, sont comme ces oiseaux amis; mon cœur déborde de pensées et je l'épanche devant vous.

II

Le temps est sombre, hélas! et il fait nuit dans mon âme : mon cœur porte le deuil des amis que j'ai perdus; les uns m'ont laissé, les autres m'ont trahi : ô mon Dieu! qu'il est cruel d'avoir un cœur qui aime tant!

Mon cœur porte le deuil des amis que j'ai perdus! Où sont-ils allés? La vie m'est amère. Oh! si tous étaient morts!... Ceux qui vivent encore, pourquoi si loin de moi le sort les a-t-il conduits?

Ounte ëi que soun ana? La vido m'es amaro :
M'an laissa tout soulet emé moun triste cor.
Iéu me vire, en plourant, vers vosto douço caro,
Coume lou negadis vers l'estello dóu port.

III

Emé lou calabrun, li troupèu e lou pastre
Rintron au jas, plan-plan, la tèsto vers lou sòu :
La lèio di piboulo ensournis soun encastre ;
Un vènt jala s'aubouro e boufo coumo un fòu.

Dins l'errour envoula, lis aucèu de malastre
Gènçon coume d'enfant, quilon à faire pòu :
L'oumbro escafo la draio au mitan di mentastre
E lou pèd, à l'asard, camino mounte pòu.

Sus la mountagno anas, soulet e malancòni,
Dis aubre e dóu rousau escoutant la sinfòni :
Ges de luno ; lou cèu es sèmpre ennivouli.

Où sont-ils allés? La vie m'est amère : ils m'ont
laissé tout seul avec mon triste cœur : moi, je
me tourne, en pleurant, vers votre doux visage,
comme le naufragé vers l'étoile du port.

III

Avec le crépuscule, les troupeaux et le pâtre
rentrent à l'étable, lentement, la tête penchée
vers la terre; l'allée des peupliers assombrit son
cadre; un vent glacé se lève et souffle avec furie.

Envolés dans les ténèbres, les oiseaux de malheur gémissent comme des enfants, jettent des
cris d'épouvante : l'ombre efface le sentier au milieu des marrubes, et le pied, au hasard, marche
où il peut.

Vous allez sur la montagne, seul et mélanco-
lique, des arbres et du vent d'orage écoutant la
symphonie : point de lune; le ciel est sans fin
voilé de nuages.

Fai frech, e voste cor de tristesso se barro;

Fai niue : subran quaucun, que noun vesès encaro,

Dis : « Bon vèspre! » e la voues vous fai tout tressali !

Il fait froid, et la tristesse vous serre le cœur ;
il fait nuit : soudain quelqu'un, que vous n'aper‾
cevez pas encore, dit : « Bonsoir ! » et la voix
vous fait tout tressaillir !

COUNVALESCÈNCI

Avien souna sa vièio maire,
Tant lou jouvènt èro malaut;
Gramaci Diéu, la joio es tournado à l'oustau :
Fèlis de la mort es troumpaire.
Dins sa chambro intro lou proumié,
Bèu soulèu, pèr ié faire fèsto ;
Orre pantai febrous, fugissès à la lèsto ;
Gai soulèu, jogo sus soun lié.

Deforo, lou printèms boutouno ;
Tout èi reviscoula, tout ris;
S'acampon li parèu, e bastisson de nis.
I'a dins l'aire un brut de poutouno.
Nèu suavo dis amelié,
Azur embauma di viòuleto,
Flour e perfum pourta sus l'alen dis aureto,
Toumbas en plueio sus soun lié.

CONVALESCENCE

A FÉLIX GRAS

On avait appelé sa vieille mère, tant le jeune
homme était malade ; Dieu merci, la joie est retournée à la maison : Félix est trompeur de la
mort. Dans sa chambre entre le premier, beau
soleil, pour lui faire fête ; horribles songes fié-
vreux, fuyez vite ; gai soleil, joue sur son lit.

Au dehors, le printemps bourgeonne, tout est
ragaillardi, tout rit. Les couples se rassemblent
et bâtissent des nids ; il y a dans l'air un bruit
de baisers. Neige suave des amandiers, azur em-
baumé des violettes, fleurs et parfums portés
sur le souffle des brises, tombez en pluie sur son
lit.

En passant davans sa fenèstro,
Pichots aucèu, à moun ami
Demandas pietadous s'aniue a bèn dourmi,
E dins uno aubado campèstro
Em' alegresso cantas-ié
Vosti cansoun li mai poulido.
Tu, Fèlis, douçamen en chaurihant, óublido
L'amaro languisoun dou lié.

En passant devant sa fenêtre, petits oiseaux,
à mon ami demandez compatissants si cette nuit
il a bien dormi, et dans une aubade champêtre
avec allégresse chantez-lui les chansons les plus
jolies. Toi, Félix, doucement en écoutant, oublie
la langueur amère du lit.

LA CHATO DÓU BARROUS

A MOUN FRAIRE BERMOUND

Vièi Barrous, toun castèu degruno,
Dis ome e dis an sagata,
Mai toun soulèu largo à ti bruno
    La bèuta !

Uno chato, gènto, souleto,
Dins l'oumbrun d'un pichot jardin,
Flourissié coume uno vióuleto,
    Un matin.

Un drole passo pèr la draio,
Bèn estampa, lou péu au vènt,
E regardo sus la muraio
    E revèn.

LA JEUNE FILLE DU BARROUX

A MON FRÈRE BERMOND

Vieux Barroux, ton château s'écroule, par les
hommes et les ans saccagé, mais ton soleil donne
à tes brunes la beauté.

Une enfant, gentille, seule, dans l'ombre d'un
petit jardin, fleurissait comme une violette, un
matin.

Un jouvenceau passe sur le sentier, bien dé-
couplé, la chevelure au vent; il regarde sur la
muraille, et revient.

A travès li fueio nouvello
Emperlado de l'eigagnòu,
Pas pu lèu a 'spincha la bello
  Que la vòu.

Ié dis : « T'adore! siés ma damo!
M'as rauba, mignoto, es fini :
Vaqui moun sang, vaqui moun amo!
  Vos veni? »

E vers soun paire courre, courre...
« Que t'arribo? — Siéu amourous
D'uno enfant que trèvo li mourre
  Dóu Barrous.

« Es uno enfant, es uno fado;
Soun péu, negre coume la niue,
L'enmantello; quelo esluciado
  Dins sis iue! »

Elo peréu disié : « Lou vole! »
Coumtavo lis ouro au soulèu,
E pantaiavo : « Lou bèu drole
  Vendra lèu? »

Au travers des feuilles nouvelles, emperlées
de rosée, pas plus tôt il a aperçu la belle, qu'il
la veut.

Il lui dit : « Je t'adore ! Tu es ma dame ! Tu
m'as ravi, mignonne, c'est fini : voilà mon sang,
voilà mon âme ! Veux-tu venir ? »

Et vers son père il court, il court... « Que
t'arrive-t-il ? — Je suis amoureux d'une enfant
qui hante les collines du Barroux.

« C'est une enfant, c'est une fée; ses cheveux
noirs comme la nuit l'enveloppent ainsi qu'un
manteau ; quels éclairs dans ses yeux ! »

Elle aussi disait : « Je le veux ! » Elle comp-
tait les heures au soleil, et rêvait : « Le beau
gars viendra-t-il bientôt ? »

Alor, fièr e sage, li paire
An pacheja coume de rèi :
« L'un à l'autro li calignaire,
        Baien-lèi ! »

Vaqui perqué, nòvio moureto ;
Iuei vaqui perqué, nòvie blound,
En voste ounour fan tant si freto
        Li viòuloun.

Vièi Barrous, toun castèu degruno,
Dis ome e dis an sagata,
Mai toun soulèu largo à ti bruno
        La bèuta !

Alors, fiers et sages, les pères ont fait pacte comme des rois : « L'un à l'autre les amoureux, donnons-les ! »

Voilà pourquoi, fiancée brunette ; aujourd'hui voilà pourquoi, blond fiancé, en votre honneur ont tant d'entrain les violons.

Vieux Barroux, ton château s'écroule, par les hommes et les ans saccagé, mais ton soleil donne à tes brunes la beauté.

L'ERBO DÒU MASSACRE[1]

A GRACIAN CHARVET

L'erme es cubert de clapo e li ro soun fendu;
O de l'ome o dóu téms, quinto ràbi es plus forto?
Sus l'aven, peralin, un castelas pendu
Mostro si bàrri rout e si pourtau sèns porto.

L'aubre es espalanca; souto l'èurre escoundu
Se rebalo au mitan di róumio mita-morto.
Sóuvage es lou trescamp : se vous ié sias perdu,
Aurés au souleias vist que la serp pèr orto.

Pantaiave de guerro e d'orre chapladis
Entre Mouro e crestian. Au calabrun que toumbo,
S'ausis de voues estranjo ourla de coumbo en coumbo

Grand fuguè lou massacre, un clot d'erbo lou dis :
Plóuguè de sang à raisso, e de la roujo plueio
L'erbo fèro a garda li degout sus si fueio.

[1] Hieracium murorum (Lin.).

L'HERBE DU MASSACRE

A GRATIEN CHARVET

La lande est couverte de débris et les rocs sont fendus ; ou de l'homme ou du temps, quelle est la rage la plus forte ? Sur l'abîme, au loin, un noir château suspendu montre ses remparts troués et ses portails sans portes.

L'arbre est ébranlé ; caché sous le lierre, il rampe au milieu des ronces mortes à demi. Sauvage est la friche : si vous vous y êtes égaré, vous n'aurez vu errer au soleil que la couleuvre.

Je rêvais de guerre et d'horrible tuerie entre Maures et chrétiens. Au crépuscule qui tombe, on entend des voix étranges hurler de combe en combe.

Grand fut le massacre, une touffe d'herbe le dit : il plut du sang à verse, et de la rouge pluie l'herbe farouche a gardé les gouttes sur ses feuilles.

L'UNENCO

A MADAMO E. PARROCEL

A taulo, un jour, à Sant-Cristòu,
Èron li dono sièis sus douge ;
Vesié qu'elo, moun cor en dòu ;
Quand me parlavo, veniéu rouge.
Anerian, pièi, long di calanc,
Au jardin cerca de viòuleto ;
Frustèron, si det fres e blanc,
Ma man brulanto e tremouleto.

Èron belèu vint dins li blad,
Mai pèr iéu l'enfant èro soulo ;
Un rai de sis iue m'a giscla,
Coume un lamp, au founs di mesoulo.
Fasié 'n bouquet : dins la rumour
Dòu blad que la caud amaduro,
Iéu m'avance, e, pale d'amour,
Mete un blavet à sa centuro.

LA SEULE

A MADAME E. PARROCEL

A table, un jour, à Saint-Christol, les dames
étaient six sur douze; mon cœur en deuil ne
voyait qu'elle; quand elle me parlait, je devenais
rouge. Nous allâmes, puis, le long des abris,
au jardin chercher des violettes; ses doigts frais
et blancs frôlèrent ma main brûlante qui trem-
blait.

Elles étaient peut-être vingt dans les blés,
mais pour moi l'enfant était seule; un rayon de
ses yeux m'a jaïli, comme un éclair, au fond
des moelles. Elle faisait un bouquet : dans la rumeur du blé que la chaleur mûrit, moi je m'a-
vance, et, pâle d'amour, je mets un bluet à sa
ceinture.

Èron cinquanto dins li prat,
N'aviéu d'iue que pèr la mignoto ;
Fifre e vióuloun fasien vira
Li dansarello de la voto.
Mut, pantaiave... Vèn à iéu :
« O felibre, vosto amo es tristo ?
Au soulèu canto tant que viéu,
Lou cardelin qu'es un artisto.

« Ami, vole dansa 'mé vous. »
E soun front vers moun front se clino ;
Sentiéu d'un fernimen bèn dous
Plega sa taio mistoulino.
E sounjave qu'emé Zani
Dansère uno fes de la vido,
E dins mi bras cresiéu teni
Ma pauro bello amourousido.

Dins la glèiso èron mai de cènt.
Entre tóuti n'en vesiéu qu'uno ;
Li fin revoulun de l'encèns
Courounavon sa tèsto bruno.
S'arrestè vers lou benechié
Pèr me douna d'aigo-signado.
Oh ! qu'èro bravo ! sourrisié...
E me brulè, sa man bagnado.

Elles étaient cinquante dans les prés, je n'avais d'yeux que pour la mignonne ; fifres et violons faisaient tourner les danseuses de la *vote*. Muet, je rêvais... Elle vint à moi : « O félibre, votre âme est triste ? Au soleil, il chante tant qu'il vit, le chardonneret, qui est un artiste.

« Ami, je veux danser avec vous. » Et son front vers mon front s'incline ; je sentais d'un frémissement bien doux plier sa taille frêle. Et je songeais qu'avec Zani je dansai une fois de la vie, et dans ses bras je croyais tenir ma pauvre belle énamourée.

Dans l'église, elles étaient plus de cent, entre toutes je n'en voyais qu'une ; les fins tourbillons de l'encens couronnaient sa tête brune. Elle s'arrêta vers le bénitier pour me donner de l'eau bénite. Oh ! qu'elle était charmante ! Elle souriait... Et sa main mouillée me brûla.

JAQUET ARNAVIELLO

Un gros droulas, un gaiard chourlo,
Tout de mouledo, gras e bèu;
Sa gènto maire lou tintourlo,
Noun pòu teni dins lou banèu.

Regardas-lou, vès! coume chourlo
Em'afecioun au blanc mamèu :
Es rouge coumo uno ginjourlo
Qu'aurié toumba subre la nèu.

Sarro-lou dins ti bras, Teldeto !
D'aquéu poulit nistoun que teto
Pèr faire un ome, au tèms que sian

Que se parlo tant d'ome libre,
O maire! fai-n'en un crestian ;
O paire ! fai-n'en un felibre !

JACQUES ARNAVIELLE

A TELDETTE

Un gros garçon, un gaillard drille, tout de mie, gras et beau ; sa charmante mère le dorlote, il ne peut plus tenir dans les langes.

Regardez-le, voyez ! comme il boit avec ardeur au sein blanc : il est rouge comme une jujube qui serait tombée sur la neige.

Serre-le dans tes bras, Teldette ! De ce joli poupon qui tette, pour faire un homme, au temps présent

Où l'on parle tant d'hommes libres, ô mère ! fais-en un chrétien ; ô père ! fais-en un félibre !

L'ESCALIÉ DI GIGANT

AU CERAMISTO LEON PARVILLÉE

Escalié di Gigant, dins ti paret superbo,
La reguindoulo esquiho e folo flouris l'erbo ;
Mars e Netune, fièr subre si pedestau,
Soun sèmpre dre ; mai res arribo dóu pourtau,
Ni lou Counsèu di Dès, ni Doge e Dougaresso,
E i'es i diéu de mabre uno grando amaresso
Que li papo e li rèi au palais tournon plus.
Coume de fouletoun, pèr fes, dins lou trelus,
Li pijoun famihié volon e vènon béure
I cisterno de brounze ounte s'agrafo l'éurre.
Dins ta clastro deserto, o vièi palais ducau !
S'entènd que lou pas fin di chato à pèd descau
Que courron tira d'aigo, e lou ferrat que toumbo.

L'ESCALIER DES GÉANTS

AU CÉRAMISTE LÉON PARVILLÉE

Escalier des Géants, dans tes murs superbes,
le lézard glisse, et fleurit l'herbe folle ; Mars et
Neptune, fiers sur leurs piédestaux, sont debout
toujours ; mais personne n'arrive du portique, ni
le Conseil des Dix, ni Doge et Dogaresse, et c'est
aux dieux de marbre une grande amertume
que les papes et les rois au palais ne re-
tournent plus. Comme des tourbillons, parfois,
dans la lumière, les pigeons familiers volent et
viennent boire aux citernes de bronze où s'attache le lierre. Dans ton cloître désert, ô vieux
palais ducal ! on n'entend que le pas fin des filles
aux pieds nus qui courent puiser l'eau, et le

Touto ta meraviho es pèr iéu uno toumbo
Recatant noublamen lou passat venician :
Veronese, Palma, Tintouret, lou Tician,
Ta republico morto e sa terriblo voio,
O Veniso ! toumbado i man de la Savoio !

E, mau-grat lou soulèu qu'enfioco ti paret,
Quau trèvo ta ciéuta dins li mesoulo a fre.

Mai, coume un chin fidèu lipant li pèd dóu mèstre,
O Veniso ! mau-grat lou tèms, lis escaufèstre,
La mar te rèsto amigo e d'un bais tremoulant
Poutouno sènso fin ti pont de mabre blanc.
Siés sa novio fidèlo encaro, Adriatico !
T'ensouvèn de sa glòri e de la noço antico ;
T'ensouvèn, en bagnant lou ribeirés latin,
De la Rèino di mar e dóu poumpous matin :
Quand, davans li jouvènt, davans li blòundi fiho
Dins sa belour mesclant l'Europo emé l'Asio,
Davans lou Senat mut, davans li pescadou
Lèst à se traire au founs dóu verd engoulidou,
Lou Doge magnifique, amount, dóu Bucentaure,
Se clinavo, esperant que l'oundo à-n'éu s'enaure,
E leissavo toumba la bago sus toun sen !

bruit du seau qui tombe. Toute ta splendeur est
pour moi un tombeau recouvrant noblement le
passé vénitien : Véronèse, Palma, le Titien, Tin-
toret, ta république morte et sa vigueur terrible,
ô Venise! tombée aux mains de la Savoie !

Et, malgré le soleil qui enflamme tes murailles,
celui qui hante ta cité a froid dans les moelles.

Mais, comme un chien fidèle léchant les pieds
du maître, ô Venise! malgré le temps, les révo-
lutions, la mer te reste amie et d'un baiser tremblant baise sans fin tes ponts de marbre blanc.
Tu es sa fiancée encore, Adriatique ! Il te souvient de sa gloire et de la noce antique ; il te
souvient, en baignant le rivage latin, de la
Reine des mers et du matin pompeux : quand,
devant les jeunes hommes, devant les blondes
filles mêlant dans leur beauté l'Europe et l'Asie,
devant le Sénat muet, devant les pêcheurs prêts
à se jeter au fond du gouffre vert, le Doge magnifique, du haut du Bucentaure, se penchait,
attendant que l'onde vînt à lui, et laissait tomber
la bague sur ton sein!

Ansin soul isto l'Art, fau que nàutri passen.

Enterin lou lioun de Sant-Marc que te gardo,
En fernissènt dis alo, o vièi palais ! regardo
Li barrulaire estrange, Anglès, American,
Mounta, pàli nanet, l'escaliè di Gigant.

Veniso, juliet 1873.

Ainsi, seul l'Art demeure, et nous il faut passer.

Cependant le lion de Saint-Marc qui te garde, en frémissant des ailes, ô vieux palais! regarde les étrangers errants, Anglais, Américains, monter, nains pâles, l'escalier des Géants.

Venise, juillet 1873

LOU FELIBRE DI POUTOUN

Enfantouli s'escarrabiho
Enjusqu'emé l'Aubeto en plour ;
Quand l'amelié de blanc s'abiho,
Se regalo de sa belour ;

Counèis tout ço que dis l'abiho
Que fai un poutoun à la flour ;
Sèmpre de caligna babiho,
Di chato enrouitant li coulour.

Coume bevon soun galant dire !...
Lóugeiret, em' un poulit rire,
En se bressant sus un raioun,

Éu s'envai de l'ile à la roso :
Es un Amour à gauto roso
Emé d'alo de parpaioun.

LE FÉLIBRE DES BAISERS

Comme un enfant il est espiègle même avec l'Aube en pleurs; quand l'amandier s'habille de blanc, il se régale de sa beauté ;

Il connaît tout ce que dit l'abeille qui fait un baiser à la fleur; il ne parle jamais que de flirt, des jeunes filles empourprant les joues.

Comme elles boivent ses galants propos !.... Léger, avec un charmant sourire, en se berçant sur un rayon,

Il s'en va du lis à la rose: c'est un Amour aux joues roses avec des ailes de papillon.

LOU CASTELAS

A MADAMISELLO JANO CHARCOT

Souto lou bescaume
Dóu vièi castelas,
L'ecò canto un saume
Dintre li roucas;

Noun saume de guerro,
Mai saume d'amour :
La rouino sevèro
Se vestis de flour.

La grand porto bado
Dóu pont-levadis;
Li tourre crebado
Se poplon de nis.

LE VIEUX CHATEAU

A MADEMOISELLE JEHANNE CHARCOT

Sur le balcon du vieux château, l'écho chante
un psaume entre les rochers ;

Non psaume de guerre, mais psaume d'amour : /
la ruine sévère se revêt de fleurs.

La grande porte du pont-levis est béante ; les
tours crevassées se peuplent de nids.

12.

Aro i vouto fiero
Ris lou blu dóu cèu ;
Roso e lambrusquiero
Brodon lis arcèu.

Lou soulèu, la plueio
Intron dis engrau ;
De bouquet de fueio
Pènjon au mistrau.

Res, amount, regardo
De l'amiradou ;
Ges d'ome de gardo :
Lou desert pertout.

Li chin à la chèino
Japon plus ; l'ivèr,
l'a que la tintèino
De quauque cat-fèr.

Ni tèndri quitarro,
Ni brama dóu cor ;
Damo à bèuta raro,
Aut segnour soun mort.

Maintenant aux voûtes fières rit le bleu du ciel ;
roses et lambrusques brodent les arceaux.

Le soleil, la pluie entrent par les brèches ; des
bouquets de feuilles pendent au mistral.

Personne, là-haut, ne regarde du belvéder ; nul
homme de garde : le désert partout.

Les chiens à la chaîne n'aboient plus ; l'hiver,
il n'y a que le vacarme de quelque chat sauvage.

Ni tendres guitares, ni son de cor ; dames de
rare beauté, hauts seigneurs sont morts.

Avau, li machoto
Van lis espincha
Au founs de sa croto,
Man jouncho coucha.

D'un grand cop d'espaso
Aqueste toumbè,
E dor sus la graso,
Un lioun i pèd.

L'autre, un chin de pèiro
Lou viho fidèu,
E la luno guèiro,
Muto, si toumbèu.

Plus de sang que raio
En de tuert feroun;
A fini bataio,
Lou rude baroun.

Ni casso, ni fèsto
Emé lou vesin;
Mort de-longo, rèsto
Sus lou fre couissin.

Là-bas, les chouettes vont les regarder au fond
de leur caveau, couchés les mains jointes.

D'un grand coup d'épée celui-ci tomba, et il ,
dort sur la dalle, un lion à ses pieds.

L'autre, un chien de pierre le veille fidèle, et
la lune épie, muette, leurs tombeaux.

Plus de sang qui coule en des chocs furieux; il
a fini de batailler, le rude baron.

Ni chasse, ni fête avec le voisin ; mort pour
toujours, il reste sur le froid coussin.

Li dono souleto
Se lèvon la niue,
Trevant tremouleto,
Uno flamo is iue.

A la claro luno
Que fai pantaia
Li bloundo, li bruno,
Sèmblon resquiha;

Car l'amour li sono :
Souto lou cèu blanc,
Vèn un vòu de dono
Palo, barrulant.

Au frountau di bàrri
Fan rèn que passa;
Mau-grat lis auvàri,
Vesès-lèi dansa.

Ai ! li pàuri folo
Barbelant d'amour !
Tout mor, tout s'envo
Mai amon toujour !

Les dames seules se lèvent la nuit, revenant tremblantes, une flamme aux yeux.

Dans le clair de lune qui fait rêver, les blondes, les brunes, semblent glisser ;

Car l'amour les appelle : sous le ciel blanc, vient un essaim de dames pâles, errantes.

Au front des remparts, elles passent sans fin : malgré les désastres, voyez-les danser.

Aïe ! les pauvres folles assoiffées d'amour ! Tout meurt, tout s'envole, mais elles aiment toujours !

E creson d'entèndre,
Alin dins lou vènt,
Lou cant jouine e tèndre
Dóu page que vèn.

L'aureto que sousco
I'adus de refrin
E la cansoun fousco
D'un liuen tambourin.

Grihet, auceliho
Mesclon au councert
Soun moutet; l'aubriho
Brusis dins lis èr :

Douço serenado
Que fai trefouli;
Lis abandounado
N'en an tressali.

De voues escoundudo
Parlon dins lou bos;
Li dono, esmougudo,
Respondon : « Que vos ? »

Et elles croient entendre, là-bas dans le vent,
le chant jeune et tendre du page qui vient.

La brise qui soupire leur apporte des refrains
et la chanson vague d'un lointain tambourin.

Grillons, oiselets, mêlent au concert leur motet ;
les arbres bruissent dans les airs :

Douce sérénade qui remplit de joie ; les aban-
données en ont tressailli.

Des voix cachées parlent dans le bois ; les dames, émues, répondent : « Que veux-tu ? »

I cimo di tourre
Destrion l'oumbrun,
E li vesès courre
En cercant quaucun.

Uno, la pu bravo,
D'entre li merlet
Pèrfes se clinavo...
De si galant det,

Emé touto gràci
E gènt abandoun,
Jito dins l'espàci
Un divin poutoun.

MANDADIS

Sourrisènto e misto,
Escalant lou baus,
Mignoto, t'ai visto
Au castèu di Baus.

De la cime des tours, elles interrogent l'ombre,
et vous les voyez courir à la recherche de quelqu'un.

Une, ravissante, à travers les màchicoulis, parfois se penchait... De ses doigts charmants,

Avec toute gràce et gentil abandon, elle jette
dans l'espace un divin baiser.

ENVOI

Souriante et fine, escaladant le rocher abrupt,
mignonne, je t'ai vue au château des Baux.

Lou sen te bacello...
Arribado amount,
Countèmples, o bello !
Lou poumpous tremount !

E, dins la brassado
De noste soulèu,
M'as sembla la fado
Dóu reiau castèu.

Ton sein palpite... Arrivée là-haut, tu contemples, ô belle! le pompeux couchant !

Et, dans l'embrassement de notre soleil, tu m'as
semblé la fée du royal château.

A FRANCÉS DUMAS

De si ple ridicule estranglant touto gràci,
L'orre vièsti bourgés èro pas fa pèr tu ;
Ta caro gravo e fino a l'enòdi e lou làssi
Dóu laid universau ounte nous an coundu

Li sartre. Au founs dóu cor pèr la bèuta mourdu,
Tis iue ravassejant se nègon dins l'espàci.
Vai ! sabe mounte vas en ti pantai perdu :
— Te passant douçamen si det blanc sus la fàci,

Peresouso uno enfant, que ni viho ni dor,
Te sourris... Enterin, mut, dins ta raubo d'or,
Em' uno esclavo negro, emé la blanco fiho

Agrouvado à ti pèd sus li flour dóu tapis,
Regardes, à travès lis arcèu de lapis,
La luno se leva dins lou cèu de l'Asio.

A FRANÇOIS DUMAS

De ses plis ridicules étranglant toute grâce,
l'horrible vêtement bourgeois n'était pas fait pour
toi ; ton visage grave et fin a l'ennui et la lassitude
du laid universel où nous ont conduits

Les tailleurs. Au fond du cœur mordu par la
beauté, tes yeux rêvassant se noient dans l'espace.
Va ! je sais où tu vas perdu en tes songes : — Te
passant doucement ses doigts blancs sur la face,

Nonchalante une enfant, qui ne veille ni ne dort,
te sourit... Cependant, muet, dans ta robe d'or,
avec une esclave nègre, avec la blanche fille

Accroupie à tes pieds sur les fleurs du tapis, tu
regardes, au travers des arceaux de lapis, la lune
se lever dans le ciel de l'Asie.

ENDOURMITÒRI

PÈR CAMIIIETO POLLIO

I ribo di téulisso
Lou soulèu que s'envai
Pendoulo un rouge rai ;
Avau la trounadisso
Di càrri fai esfrai.
Em' un vounvoun d'abiho,
Dins lou pichot saloun,
L'enfant canto e babiho :
Dequé canto Camiho,
Qu'emplis tout l'oustaloun ?

Sus la vilo grandasso
E pleno coume un iòu,
Lou vèspre sourne plòu ;
La foulo jamai lasso
Camino tant que pòu.

POUR ENDORMIR

LA PETITE CAMILLE POLLIO

Aux bords des toits le soleil qui s'en va sus-
pend un rouge rayon ; en bas le grondement des
chars fait peur. Avec un *von-von* d'abeille, dans
le petit salon, l'enfant chante et babille : pourquoi chante Camille, qui emplit toute la maison ?

Sur la ville immense et pleine comme un œuf,
l'ombre du soir pleut, la foule jamais lasse marche tant qu'elle peut. L'enfant devient espiègle ;

L'enfant s'escarrabiho;
Fouletoun, esperit,
Danso, tèn plus sesiho :
Dequé danso Camiho
Sautant coume un cabrit?

La niue negro es vengudo;
Carriero e balouard
Largon un bram de mar,
E la maire esmóugudo
Sounjo que se fai tard.
L'enfant, que desabiho
Sa poulido titèi,
L'abandouno e chàuriho...
Dequ'espèro Camiho,
Qu'óublido si bebèi?

Dins l'escaliè que rounflo
Lou vièi pourtau ferra
S'es dubert e barra;
De joio l'amo gounflo
Lèu lou paire es intra.
Trefoulido sa fiho

follette, lutine, elle danse, elle ne tient plus en
place : pourquoi danse Camille, sautant comme
un cabri ?

La nuit noire est venue, rues et boulevards jettent un bram de mer, et la mère émue songe qu'il
se fait tard. L'enfant, qui déshabille sa jolie pou-
pée, l'abandonne et prête l'oreille... Qu'attend
ainsi Camille, qui oublie ses joujoux ?

Dans l'escalier qui gronde le vieux portail ferré
s'est ouvert et fermé ; l'âme gonflée de joie, vite
le père est entré. Tressaillante, sa fille escalade

Escalo si geinoun :
Au soupa de famiho
Bèn mens a fam Camiho
De pan que de poutoun.

ses genoux: au souper de famille, bien moins a
faim Camille de pain que de baisers.

A FÈLIS GRAS

LOU JOUR DE SI NOÇO

Te siés coucha, grand lioun rous,
Tranquile e mut, dins lou campèstre ;
Tis iue flamejon arderous,
E pantaiés... Dequé pòu èstre?

Di bataio, dis escaufèstre,
Passa tèms èros tant urous !
Lioun, as-ti trouva toun mèstre?
Lioun, dequ'as? Siés amourous?

Espóussant ta noblo creniero
Que sèmblo facho de raioun,
Clines ta bello tèsto fièro

I pèd d'uno jouvo, o lioun!
Te caressant de si det rose,
Elo t'enfado i bord dóu Rose.

A FÉLIX GRAS

Tu t'es couché, grand lion roux, tranquille et muet, dans la lande ; tes yeux flamboient ardents, et tu rêves... Que peut-il y avoir ?

Des batailles, des alertes, au temps passé tu étais si heureux ! Lion, as-tu trouvé ton maître ? Lion, qu'as-tu ? Es-tu amoureux ?

Secouant ta noble crinière qui semble faite de rayons, tu inclines ta belle tête fière

Aux pieds d'une jeune fille, ô lion ! Te caressant avec ses doigts roses, elle t'ensorcelle aux bords du Rhône.

LA GUERRO

A MOUNET-SULLY, DÓU TEATRE-FRANCÉS

De la cresto di serre au founs di vau, di vabre,
En orre mescladis s'empielon li cadabre;
Li corb noun an plus set, li loup noun an plus fam.
     — Femo, poudès faire d'enfant!

Trono lou canoun rau; de la terro cremado
Mounto au front dóu soulèu un nivo de fumado,
Tout fugis... Lou qu'es viéu tuerto un mort en passant.
     — Femo, poudès faire d'enfant!

La bataio fai pòu. Dins la fourèst que brulo,
Sènso lou cavalié la cavalo barrulo;
I'a de sang dins li pous, la ribiero es de sang.
     — Femo, poudès faire d'enfant!

LA GUERRE

A MOUNET-SULLY, DU THÉATRE FRANÇAIS

De la crête des monts au fond des vallées, des ravines, en horrible mélange s'entassent les cada- vres; les corbeaux n'ont plus soif, les loups n'ont plus faim. — O femmes, faites des enfants !

Le canon rauque gronde ; de la terre incendiée monte au front du soleil un nuage de fumée, tout fuit... Le vivant heurte un mort en passant. — O femmes, faites des enfants !

La bataille fait peur. Dans la forêt qui brûle, la cavale erre sans cavalier; il y a du sang dans les puits, la rivière est de sang. — O femmes, faites des enfants !

L'oustau es afoudra : lou chin cerco e gingoulo;
Lou brès es vuege. Amount, pendoula pèr la goulo,
Lou cadabre dóu paire es rede e blavejant.
        — Femo, poudès faire d'enfant!

La fàci au sòu, li bras en crous, davans la porto,
Uno chato, pieta! descabelado, es morto;
Bello coume lis ange, avié belèu quinge an.   .
        — Femo, poudès faire d'enfant!

Lou vilage es en frun, peralin sus lou mourre,
Dóu castèu, de la glèiso isto plus que la tourre :
Lou campanié ié vai souna lou toco-san.
        — Femo, poudès faire d'enfant!

Mai souto li boulet lou vièi clóuchié debano;
E l'ardit campanié toumbo emé la campano,
Lou darrié viro-vòut dóu brounze l'acrasant.
        — Femo, poudès faire d'enfant!

Crid di bèstio e di gènt, quilet sutièu di balo,
Rangoulun di blessa qu'uno boumbo rebalo,
Tambour, troumpeto, ausès lou sóuvage fanfan.
        — Femo, poudès faire d'enfant!

La maison est effondrée : le chien cherche et
hurle ; le berceau est vide. Là-haut, pendu par
la gorge, le cadavre du père est raide et bleui. —
O femmes, faites des enfants !

La face contre terre, les bras en croix, devant
la porte, une jeune fille, pitié ! échevelée, est
morte. Belle comme les anges, elle avait quinze
ans peut-être. — O femmes, faites des enfants !

Le village est en ruines ; au loin sur la côte, du
château, de l'église, il ne reste plus que la tour ;
le sonneur y va sonner le tocsin. — O femmes,
faites des enfants !

Mais sous les boulets le vieux clocher s'écroule ;
et le hardi sonneur tombe avec la cloche, la dernière vire-volte du bronze l'écrasant. — O femmes,
faites des enfants !

Cris des bêtes et des hommes, sifflement aigu
des balles, râle des blessés qu'une bombe balaye,
tambours, clairons, entendez la sauvage symphonie. — O femmes, faites des enfants !

E tèsto, e cambo, e bras, tros saunous sèns susàri,
'Soun cauca di chivau, soun escracha di càrri.
La guerro aplano tout : iro, amour, joio, afan.
          — Femo, poudès faire d'enfant!

Soumbrejo, nèvo... Iuei, malur! la nèu es roujo :
L'armado aura 'n linçòu. — Nàni! l'auro feroujo
Desacato li mort dins la nèu s'escafant.
          — Femo, poudès faire d'enfant!

Dins la prado e li blad, sus l'ermas, long di souco,
Vès-lèi!... lis un l'escumo e l'iro entre li bouco,
Lis autre cabussa, pecaire! en s'embrassant.
          — Femo, poudès faire d'enfant!

S'estrassant li teté de sis ounglo, li femo,
Li maire ourlon à Diéu : « Venjo nòsti lagremo!
De nòsti fiéu ve 'n pau, li rèi, ço que n'en fan...!
          En que sièr de faire d'enfant? »

Janvié 1871.

Et têtes, et jambes, et bras, sanglants tronçons
sans suaire, sont foulés par les chevaux, sont écra-
sés par les chars. La guerre aplanit tout : colère,
amour, joie et peine. — O femmes, faites des enfants !

Il fait sombre, il neige... Aujourd'hui, malheur !
la neige est rougé : l'armée aura un linceul. Non !
le vent farouche découvre les morts s'effaçant
dans la neige. — O femmes, faites des enfants !

Dans les prés, dans les blés, sur la lande, le long
des vignes, voyez-les... les uns l'écume et la colère
aux lèvres, les autres tombés, hélas ! s'embrassant. — O femmes, faites des enfants !

Se déchirant les seins avec leurs ongles, les femmes, les mères, hurlent à Dieu : « Venge nos larmes ! De nos fils vois un peu, les rois, ce qu'ils en
font... A quoi bon faire des enfants ? »

Janvier 1871.

CARDELINO

A-N-ANTÒNI VALABRÈGUE

Tis iue clar, azuren, souto ti lòngui ciho
Soun tant pur que lou cèu se ié miro dedin;
Evo, en sourtènt di man de Diéu dins lou jardin,
Èro pas mai que tu divino, o blanco fiho!

Pèr un soulet regard, pèr la mendro babiho
Toun sang superbe e viéu cour souto lou satin
De ta pèu roso autant que la roso au matin;
Dins lou boumbet redoun toun sen tèn plus sesiho.

Quéti frésqui bouquelo e que rire d'enfant!
D'un poutoun de ti bouco, o vierge! ai set, ai fam
— N'a jamai embrassa que si pichòti sorre:

Pauro e bravo, s'envai à la gàrdi de Diéu!
La jouvo sarié rèino et fado, se poudiéu:
Saup pas, saupra jamai soulamen que l'adore.

CARDELINE

A ANTONY VALABRÈGUE

Tes yeux clairs, azurés, sous tes longs cils sont
si purs que le ciel se mire dedans ; Ève, au sortir
des mains de Dieu, dans le jardin, n'était pas plus
que toi divine, ô blanche fille !

Pour un seul regard, pour le moindre propos,
ton sang superbe et vif court sous le satin de ta
peau rose autant que la rose matinale ; dans le
corsage rond ton sein est impatient.

Quelle fraîche bouche mignonne et quel sourire
d'enfant ! D'un baiser de tes lèvres, ô vierge ! j'ai
soif, j'ai faim !... — Elle n'a jamais embrassé que
ses petites sœurs ;
Pauvre et sage, elle s'en va à la garde de Dieu !
La jeune fille serait reine et fée, si je le pouvais :
elle ne sait pas, elle ne saura jamais seulement
que je l'adore.

LI FIANÇO D'ANTOUNIETO

A MANUEL DES ESSARTS

Anas querre sa raubo blanco ;
Cercas de flour, coupas de branco
De lila 'mé de jaussemin :
Fasès-ié li bèlli courouno
Que la man treno e lou cor douno ;
Jitas de fueio pèr camin !

— Iuei es alor un jour de fianço ?
— Segur ! Oh ! mai i'aura ni danso,
Ni cansoun, ni repas nouviau :
Lou nòvi n'amo pas de rire...
A pas lou tèms : m'an vougu dire
Qu'arribo e part coume l'uiau.

LES FIANÇAILLES D'ANTOINETTE

A EMMANUEL DES ESSARTS

Allez chercher sa robe blanche ; cueillez des fleurs, coupez des branches de lilas et de jasmin : faites-lui les belles couronnes que la main tresse et que le cœur donne : semez de feuillage le chemin.

Aujourd'hui est donc un jour de fiançailles ? — Assurément! Oh ! mais il n'y aura ni danses, ni chansons, ni repas nuptial : le fiancé n'aime pas le rire... il n'a pas le temps ; on a voulu me dire qu'il arrive et part comme l'éclair.

14

— Mai qu'a dounc fa la vierginello
Pèr avé noço d'ourfanello?
Perqué ié dounon tau bourrèu?
— Ié dounon pas, mai éu la raubo!
Alestisses sa blanco raubo,
Car m'es avis que vendra lèu!...

Atubas, atubas li cierge!...
Ço qu'èi qu'a fa la douço vierge,
Pèr èstre maridado ansin?...
— Dóumaci qu'es bello e jouineto
E de si gènt l'enfant souleto,
A di : « La vole », l'assassin!

O bello caro! o couret tèndre!
Que pieta te vèire e t'entèndre!...
Sèmblo uno santo; si péu blound
Soun espandi sus sis espalo : —
O ma pauro enfant! que sies palo! -
E tóuti toumbon d'àgeinoun.

Ounte es, ounte es, la raubo blanco,
La centuro de sa bello anco,
Si dentello, si prim soulié?...

Mais qu'a donc fait la pauvre vierge pour avoir
des noces d'orpheline? Pourquoi lui donne-t-on un
pareil bourreau ?—On ne le lui donne pas, mais
lui l'enlève ! Préparez la robe blanche, car je crois
qu'il viendra bientôt !...

Allumez, allumez les cierges !... Ce qu'elle a
fait, la douce vierge, pour être mariée ainsi ?...
— C'est parce qu'elle est belle et toute jeune, et
de ses parents l'enfant unique, il a dit: « Je la
veux, » l'assassin !

O beau visage ! ô tendre cœur ! quelle pitié de
te voir et de t'entendre !... Elle ressemble à une
sainte : ses cheveux blonds sont épandus sur ses
épaules : — O ma pauvre enfant! que tu es pâle !
— Et tous tombent à genoux.

Où est-elle, où est-elle, la robe blanche, la ceinture de ses belles hanches, ses dentelles, ses petits
souliers ?... — Alors la pauvre grand'mère se lève

— Alor, la pauro grand s'aubouro
E, trantraiant, talamen plouro,
Vai à l'armàri de nouguié.

Long-tèms, long-tèms, dins la sarraio,
La clau en tremoulant varaio :
« — Pauro enfant, quau m'aurié di?... noun,
Es pas verai!... — durbènt l'armàri,
Fai la grand, — qu'auriés pèr susàri
La raubo de ta coumunioun?... »

Subran s'ausis un crid terrible
E de plour toumbo un endoulible.
« Hola! quau intro dins l'oustau?
— Es la Mort, que degun n'espèro,
E que de-longo sus la terro
Pèr li viéu cavo quauquè trau!... »

Adusès-ié la raubo blanco ;
Cercas de flour, coupas de branco
De lila, de rousié flouri ;
Fasès-ié li bèlli courouno
Que la man treno e lou cor douno :
La pauro enfant vèn de mouri !

et chancelante, tellement elle pleure, elle va à
l'armoire de noyer.

Longtemps, longtemps, dans la serrure, la clé
en tremblant hésite : « — Pauvre enfant, qui m'aurait dit ?... non, ce n'est pas vrai !... — ouvrant
l'armoire, dit l'aïeule, — que tu aurais pour suaire
la robe de ta première communion?... »

Soudain, on entend un cri terrible, et c'est un
déluge de pleurs. « Holà! qui entre dans la
maison? — C'est la Mort, que personne n'attend,
et qui sans relâche sur la terre pour les vivants
creuse quelque fosse !... »

Apportez-lui la robe blanche : cueillez des fleurs,
coupez des branches de lilas, de rosiers fleuris ;
faites-lui les belles couronnes que la main tresse
et le cœur donne : la pauvre enfant vient de
mourir!

14.

LI DINDOULETO

A JÓUSÈ HUOT

Dins soun rouge mantèu, lou soulèu-rèi i porto
De soun palais descènd. Lou Rose ié semound
Soun mirau; éu l'abraso, abraso bos e mount,
E lucho emé la Niue, que sara la plus forto.

Lèsto, li dindouleto, en cantant, soun pèr orto;
O delice! à travès l'encèndi dóu tremount
Passon alegramen, se croson peramount,
Voulant coume de flour negro que l'auro emporto.

Sus la terro, à cha pau, tout vèn malancouniéu;
Mai tant aut, mai tant liuen s'envan li dindouleto,
Que l'iue noun pòu segui lou camin dis aleto.

E de li mira' nsin jouga dins l'or di niéu,
Crese vèire toujour d'amo, d'amo de femo,
S'envoulant di trebau vers la patrio semo.

LES HIRONDELLES

A JOSEPH HUOT

Dans son rouge manteau, le soleil-roi aux portes
de son palais descend. Le Rhône lui offre son miroir ; lui l'embrase, il embrase bois et monts, et
lutte avec la Nuit, qui sera victorieuse.

Agiles, les hirondelles, en chantant, vont par
l'air ; ô délices ! à travers l'incendie du couchant
elles passent gaîment, se croisent dans le ciel,
volant comme des fleurs noires que le vent emporte.

Sur la terre, peu à peu, tout devient mélanco-
lique ; mais si haut, mais si loin, s'en vont les
hirondelles, que l'œil ne peut suivre le chemin
des petites ailes.

Et devant leurs ébats, dans l'or des nues, je
crois toujours, moi, voir des âmes, des âmes de
femmes, qui, de la tourmente, remontent vers la
calme patrie.

VAU-CLUSO

A MADAMO PICHARD DU PAGE

Verdo coumbo qu'enmouresco
    L'oumbro fresco,
L'as vist dins ti roumaniéu
S'adraia tout pensatiéu :
Enterin que caminavo,
Davans lou mèstre d'amour
L'aubre, la planto, la flour,
    Se clinavo.

    E la coumbo dis :
    Èro un paradis!

VAUCLUSE

A MADAME PICHARD DU PAGE

Verte vallée qu'embrunit l'ombre fraîche, tu l'as
vu dans les romarins, s'acheminer tout pensif :
pendant qu'il marchait, devant le maître d'amour,
l'arbre, la plante et la fleur s'inclinaient.

Et la vallée dit : C'était un paradis !

Bluio Sorgo que varaies
    E cascaies
Au mitan di roucassoun,
As retengu si cansoun.
Bluio Sorgo, dins sa barco,
Amourous coume n'i'a plus,
L'as pourta dins soun trelus,
    Toun Petrarco.

    E la Sorgo dis :
    Èro un paradis !

Parlo-nous toujour de Lauro,
    O douço auro !
Tu que, sèmpre à soun cousta,
Caressaves sa bèuta.
Jouino e puro coume l'aubo,
Quand venié dins lou valoun,
Boulegaves soun péu blound
    E sa raubo.

    E l'aureto dis :
    Èro un paradis !

Sorgue bleue, qui erres et gazouilles au milieu des rochers, tu as retenu ses chansons. Sorgue bleue, dans sa barque, amoureux comme il n'en est plus, tu l'as porté dans sa splendeur, ton Pétrarque.

Et la Sorgue dit : C'était un paradis !

Parle-nous toujours de Laure, ò douce brise ! toi qui, sans cesse à ses côtés, caressais sa beauté. Jeune et pure comme l'aurore, quand elle venait dans le vallon, tu agitais sa chevelure blonde et sa robe.

Et la brise dit : C'était un paradis !

LA MESSO DE MORT

A PAUL GAUSSEN

Éu cargo la chasublo à bouquet blanc e negre;
Sa caro es noblo e palo.... A proun obro pèr segre
L'enfant que vai davans et porto lou missau :
Es vièi, lou capelan. Quant a d'an? Qu lou saup!
De sa cabeladuro en anèu blanc l'abounde
Floutavo. Quand disié, se virant vers lou mounde,
Dominus vobiscum, si pàuri vièii man
Tremoulavon dóu-tèms, e li cire cremant
lé fasien un trelus dóu rebat de si flamo.
Avié plus rèn de l'ome ansin, èro qu'uno amo,
E si bèus iue, leva vers lou mounde à veni,
Vesien segur la joio e lou dan infini.
Aquéu regard tant linde e prefound vous treboulo!
Contro li vitro, amount, lou vènt-terrau gingoulo,
E dins lou bram dóu vènt, de-fes, sentès passa
Emé de long quilet lou plang di trepassa.

LA MESSE DE MORT

A PAUL GAUSSEN

Il revêt la chasuble à bouquets blancs et noirs ;
son visage est noble et pâle... il a bien de la peine
à suivre l'enfant qui va devant et porte le missel :
il est vieux, le prêtre. Combien a-t-il d'années ?
Qui le sait ? En abondantes boucles flottait sa
chevelure blanche. Quand il disait, en se tour-
nant vers le peuple : *Dominus vobiscum*, ses pauvres vieilles mains tremblaient tout le temps et
les cierges allumés lui faisaient une auréole du
reflet de leurs flammes. Il n'avait plus rien de
l'homme ainsi, ce n'était qu'une âme ; et ses beaux
yeux levés vers le monde à venir voyaient certainement la joie et le dam infinis. Ce regard si lim-
pide et si profond vous trouble ! Contre les vitres,
là-haut, la bise hurle, et dans les mugissements
du vent, parfois on sent passer, avec de longs cris

15

Diguè : *Requiescant in pace*. La supremo
Preguiero sus si bouco espirè. Dos lagremo
Bagnèron en toumbant la napo de l'autar.
Lou clerjoun disavert, trouvant que se fai tard,
Mai souvènt que noun fau brando la campaneto.
E ris, e tèms-en-tèms jogo emé la bouneto :
Èu, grave, à miejo-voues prègo... E fernisse alor,
Me semblant que lou vièi dis sa messo de mort.

aigus, la plainte des trépassés. Il dit : *Requiescant in pace*. La suprême prière expira sur ses lèvres. Deux larmes mouillèrent en tombant la nappe de l'autel. Le petit clerc, étourdi, trouvant qu'il se fait tard, plus souvent qu'il ne faut agite la clochette, et rit, et de temps en temps joue avec le bonnet : lui, grave, à demi-voix, prie... Et je frissonne alors, me semblant que le vieillard dit sa messe de mort.

LA CROUS

A PÈIRE SAUTEL

Ère dins la fourèst un aubre souloumbrous;
Lou proumié, de l'eigagno aviéu li perlo blanco,
Dóu soulèu matinau li poutoun arderous,
E li pichots aucèu cantavon sus mi branco.

Dins ma ramo lou nis trouvavo uno calanco,
Lou lassige dourmié souto moun oumbro urous;
Mai, à cop de destrau, un bourrèu m'espalanco
E de iéu taio un bos de suplice : uno crous !

Di brassado e di plour de Jan, di sànti femo,
Siéu encaro brulanto; ai begu li lagremo,
Lou sang de Diéu, rançoun de l'ome que peris.

De l'infèr siéu l'esfrai, l'espèr dóu purgatòri;
La Mort gagnè 'mé iéu sa darriero vitòri,
Lou jour que dins mi bras espirè Jèsus-Crist.

LA CROIX

A PIERRE SAUTEL

J'étais dans la forêt un arbre sombre ; le premier, de la rosée, j'avais les blanches perles, du soleil matinal les baisers ardents, et les petits oiseaux chantaient sur mes branches.

Dans ma feuillée le nid trouvait un abri, la lassitude dormait heureuse sous mon ombre ; mais, à coups de hache, un bourreau me charpente et de moi taille un bois de supplice : une croix !

Des embrassements et des pleurs de Jean, des saintes femmes, je suis encore brûlante : j'ai bu les larmes, le sang de Dieu, rançon de l'homme qui périt.

De l'enfer je suis l'effroi, du purgatoire l'espoir ; la Mort gagna par moi sa dernière victoire, le jour où dans mes bras expira Jésus-Christ.

LUNO PLENO

A-N-ERNEST DAUDET

Dins lou cèu blanc coume de la,
Sus li champ blanc coume quand nèvo,
La blanco luno apereila
Espandis sa clarta de trèvo.

Lis estello d'or à milioun,
Davans lou dardai de la luno,
Pèr faire plaço à si raioun,
S'esvalisson uno pèr uno.

Tout es mut, desert : de la som
E dòu silènci veici l'ouro.
S'entènd que lou murmur di font
Coume uno voues que canto e plouro.

PLEINE LUNE

ERNEST DAUDET

Dans le ciel blanc comme du lait, sur les champs
blancs comme quand il neige, la blanche lune,
dans le lointain, épanouit sa clarté de fantôme.

Les étoiles d'or à millions, devant le scintillement de la lune, pour faire place à ses rayons,
s'évanouissent une à une.

Tout est muet, désert: du sommeil et du silence voici l'heure. On n'entend que le murmure
des fontaines, comme une voix qui chante et
pleure.

Fai clar autant qu'en plen miejour ;
Dins li founsour l'oumbro es plus negro ;
Sias esmougu mai que de jour,
E la bello niue vous alegro.

Coumo un velet de nòvio es blanc,
Lou castèu, blanc coume un susàri :
Quau cerco sa jouvo ane plan
D'èstre pas lou jouguet d'un glàri.

Franc dóu ferun paurous que sort,
Sus li camin i'a res en aio ;
Belèu mai que l'ome que dor,
L'ome que viho aro pantaio :

Poulit pantai, sounge risènt
De l'amourous pèr sa Mirèio ;
Souveni dis oureto ensèn
Passado au fres souto li lèio ;

Pantai de l'amo que languis
En terro estranjo, ai ! las ! souleto,
Vers lou fougau, vers lou païs,
Voulant coume uno dindouleto :

Il fait clair autant qu'en plein midi ; dans les profondeurs, l'ombre est plus noire ; vous êtes ému plus que pendant le jour, et la belle nuit vous relève.

Comme un voile de mariée, le château est blanc; il est blanc comme un suaire : qui cherche son amie aille doucement, pour n'être pas le jouet d'un lutin.

Excepté les fauves, qui sortent peureux, nul ne se hâte sur les chemins ; peut-être plus que l'homme qui dort, l'homme qui veille rêve maintenant.

Joli rêve, songe riant de l'amoureux pour sa Mireille, souvenir des heures charmantes ensemble passées sous la fraîcheur des allées :

Rêve de l'âme qui languit en terre étrangère, hélas ! seule ; vers le foyer, vers le pays, volant comme une hirondelle ;

15.

Pèr sa maire pantai d'enfant;
Gai e doulènt, toujour amaire,
Pantai que vous dis : « De-que fan? »
Long e divin pantai de maire !

Pèr aquéli que van sus mar
Tèndre e segrenous pantaiage :
Marrit pantai. pantai amar,
Pèr li qu'an fa lou sourne viage.

Parpaioun blu, négri tavan.
Que baton lou front de sis alo :
Ravarié suavo, espravant,
Pantai que vous brulo o vous jalo.

Li nivo courron... Lou mistrau
Enca mai fai briha ta faci.
O luno ! s'ères un mirau
Amount pendoula dins l'espàci,

Vers tu, triste, aubourant lis iue,
Quete chale sarié de vèire,
Misterious mirau, la niue,
Sis amour, sis ami, si rèire !

Rêve d'enfant pour sa mère ; joyeux ou dolent,
toujours aimant, rêve qui vous dit : « Que font-
ils ? » long et divin rêve de mère !

Pour ceux qui vont sur mer, rêve tendre et sou-
cieux ; mauvais rêve, rêve amer, pour ceux qui
ont fait le sombre voyage.

Bleus papillons, taons noirs, qui battent nos
fronts de leurs ailes ; rêverie suave, épouvante ;
rêve qui vous brûle ou vous glace.

Les nuages courent... Le mistral encore plus
fait briller ta face. O lune ! si tu étais un miroir
là-haut suspendu dans l'espace,

Vers toi, tristes, levant les yeux, qu'il serait
délicieux de voir, mystérieux miroir, la nuit, ses
amours, ses amis, ses aïeux !

Dins lou cèu blanc coume de la,
Sus li champ blanc coume quand nèvo,
La luno masco apereila
Escampo sa clarto de trèvo,

Dans le ciel blanc comme du lait, sur les champs blancs comme quand il neige, la lune sorcière, dans le lointain, répand sa clarté de fantôme.

A-N-UN PETACHO

Toujour parlo di chato e toujour n'en barbèlo ;
  Voudrié touti lis embrassa ;
  Entre qu'uno vèn à passa,
Bruno o bloundo, autant lèu la seguis e la bèlo.

Et se crèmo de-longo au fiò de si prunello ;
  Se parlo de li caressa,
  Sèmblo que vai tout estrassa :
Lou fichu, lou boumbet, lou faudau, la gounello !

Mai d'asard s'uno chato un jour iè sauto au còu,
Esfraia se desfai de sa brassado... A pòu
  Di poutoun de soun poulit mourre.

  Courre, mignoto, ris e courre !
Ounte anaves turta, pauro bello ? que vos ?
Es de pèiro, es de maubre, es de ferre, es de bos !

A UN POLTRON

Il parle sans cesse des filles et sans cesse il les
convoite ; il voudrait toutes les embrasser ; dès
qu'il en vient à passer une, brune ou blonde,
aussitôt il la veut et la désire.

Et il se brûle sans cesse au feu de leurs prunelles ; s'il parle de les caresser, on dirait qu'il
va tout déchirer : le fichu, le corset, le tablier, la
jupe !

Mais, par hasard, si une fille, un jour, lui saute
au cou, effrayé, il se dégage de ses bras... Il a
peur des baisers de son joli minois.

Cours, mignonne, ris et cours !..... Où allais-
tu heurter, pauvre belle ? que veux-tu ? Il est
de pierre, il est de marbre, il est de fer, il est de
bois !

LI DOUS PRINTÈMS

A MOUN FRAIRE JÙLI

Souto l'aflat de Diéu, sèmpre de flour nouvello
    S'alisco la terro au printèms;
Après la nèu d'ivèr coume la roso es bello,
    Que la bouscarlo canto bèn !

Dóu gai soulèu d'abriéu vèngue la proumiero aubo :
    Tout flouris, l'ermas e la font;
La pradello de flour semeno lèu sa raubo,
    Lou bos n'en courouno soun front.

Es un chale pèr l'iue, es un baume pèr l'amo,
    Tant d'encèns e tant de coulour;
E de li vèire ansin, jouino e siavo, quau amo
    Souvènti-fes toumbo de plour.

LES DEUX PRINTEMPS

A MON FRÈRE JULES

Sous le souffle de Dieu, toujours de fleurs nouvelles la terre se pare au printemps ; après la
neige d'hiver comme la rose est belle, que la fau-
vette chante bien !

Du gai soleil d'avril vienne la première aube :
tout fleurit, la lande et la source ; la prairie par-
sème vite sa robe de fleurs, le bois en couronne
son front.

C'est un charme pour l'œil, c'est un baume pour
l'âme, tant d'encens et tant de couleurs ; et de les
voir ainsi, jeunes et suaves, bien souvent celui
qui aime verse des pleurs.

Oh! mai sabe un printèms plus bèu que lou di prado
      · E di fourèst e di jardin,
Sabe uno flouresoun qu'encaro mai agrado,
      E sabe un pu poulit matin

Que lou matin di roso, es aquéu di chatouno :
      Iue negre o blu plen de trelus,
Bouqueto de grafioun facho pèr li poutouno.
      E jougne prim e boumbet just.

Tónti lis an de Diéu n'en espelis de milo
      Souto lou soulèu prouvençau,
E, de l'enfant di mas o de l'enfant di vilo,
      La soubeirano, qu lou saup ?

Soun tóuti bello !... Anas en Arle, un jour de fèsto,
      Vèire li chato permena
Long dóu Rose, e segur n'en virarés la tèsto
      E voste cor sara 'ngana.

Aqui i'a la Rouqueto emé li damisello,
      Li pastresso, li pescairis,
Front crema dóu soulèu e bèlli palinello :
      Tout acò charro, canto, ris !

Oh ! mais je sais un printemps plus beau que celui des prés et des forêts et des jardins, je sais une floraison encore plus ravissante, et je sais un plus joli matin

Que le matin des roses, c'est celui des jeunes filles : yeux noirs ou bleus pleins de rayons, petite bouche de cerise faite pour les baisers, et taille fine, et corsage juste.

Tous les ans de Dieu, il en éclôt par mille, sous le soleil provençal, et de l'enfant des villes et de l'enfant des fermes, la souveraine, qui le sait?

Elles sont toutes belles !... Allez en Arles, un jour de fête, voir les jeunes filles se promener le long du Rhône, et certainement vous en perdrez la tête et votre cœur sera ensorcelé.

Là il y a la Roquette et les demoiselles, les filles des pâtres et des pêcheurs, fronts brûlés du soleil et belles au teint pâle : tout cela babille, chante. rit !

Sèmblon veni dóu cèu, oh ! li galànti fiho !
   An bessai tout-aro quinge an :
E lou jouvènt li bèlo e l'amour li gatiho :
   Divino, passon en dansant.

E tu, fraire, enfada de la fresco espelido,
   Dins la chourmo di chato en flour.
As chausi la poulido entre li mai poulido,
   E i'as semoundu toun amour.

Siés bello à rousiga, nouvieto blanco e leno,
   Emé tis iue negre tant caud,
Emé ti grand péu negre, o gento e bruno Eleno,
   Ma sorre, fas en tóuti gau !

Lou bonur vous enauro, oh ! jamai de la vido
   Aurés bonur tant viéu, tant dous ;
Avès la set d'ama, levas-vous la pepido :
   Amas-vous, bèu nòvie, amas-vous !

O delice nouviau ! d'amour avé l'abounde,
   Béure la vido en un poutoun,
Dins dous bras jouine e fres en plen teni lou mounde
   En pantaiant un enfantoun !

Elles semblent venir du ciel, oh ! les gracieuses filles ! Elles ont tout à l'heure quinze ans peut-être, et le jouvenceau soupire, et l'amour les chatouille : divines, elles passent en dansant.

Et toi, frère, séduit par la fraîche éclosion, dans la troupe des jeunes filles en fleur, tu as choisi la charmante entre les plus charmantes, et tu lui as fait l'offrande de ton amour.

Tu es belle à dévorer, fiancée blanche et douce, avec tes yeux noirs si chauds, avec tes grands cheveux noirs, ô gentille et brune Hélène, ma sœur, tu fais à tous envie !

Le bonheur vous exalte, oh ! jamais de la vie vous n'aurez bonheur si vif, si doux ; vous avez la soif d'aimer, ôtez-vous la pépie : aimez-vous, beaux fiancés, aimez-vous !

O délices nuptiales ! avoir le comble de l'amour, boire la vie en un baiser, dans deux bras jeunes et frais tenir en plein le monde. en rêvant un enfant !

LA FENESTRIÉRO

A JÒUSÉ GAYDA

Toun còu blanc, toun pèu fouligaud,
A l'auro larga sèns resiho,
Ti gauto en flour, tis iue tant caud
Lusejant sout ti lòngui ciho,

Toun galant rire que bresiho,
Ti bouco roujo que fan gau
E ti sen pur que la sesiho
De ta fino raubo escound mau,

Soun moun tourment e ma regalo.
Ta bèuta douno la fangalo :
L'amire sèmpre, jamai l'ai :

Pèr veni fenat n'i'a de rèsto !...
E siéu coume un paure que rèsto
Nèc à la porto d'un palais.

LA JEUNE FILLE A LA FENÊTRE

A JOSEPH GAYDA

Ton cou blanc, ta folâtre chevelure sans résille flottant au vent, tes joues en fleur, tes yeux si chauds scintillant sous tes longs cils.

Ton joli rire qui gazouille, tes lèvres rouges qui font envie et tes seins purs que l'étreinte de ta fine robe cache mal.

Sont mon tourment et mes délices. Ta beauté donne la fringale ; toujours je l'admire, je ne l'ai jamais :

Pour devenir fou, c'en est de reste !... Et je suis comme un pauvre qui demeure penaud à la porte d'un palais !

A VITOUR HUGO

PÈR LA FÈSTO DÓU 26 DE FEBRIÉ 1881

Es pas proun de Paris ni de la Franço entiero,
Ni dóu long jafaret dóu pople pèr carriero,
Que cour lou cor batènt e lou front descubert,
Jitant sus toun lindau li flour, lou lausié verd ;
Ni pèr te saluda de l'auto cridadisso
Esbrandant la ciéuta di calado i ténlisso...
Pèr toun triounfle, o Mèstre ! e toun trelus, voudriéu
Jougne l'aflat de l'ome e dis obro de Diéu.
Ço que te fau à tu, lou sublime cantaire,
Tu de la creacioun lou fidèu escoutaire,
Dóu mounde universau es l'inmènse councert !
— Vivat di vilo e bram dóu lioun au desert,
Rumour de la fourèst, bacelamen de l'oundo,
Vounvoun de l'abihié, murmur di meissoun bloundo,
Belamen dóu troupèu sus li colo, e li brau

A VICTOR HUGO

POUR LA FÊTE DU 26 FÉVRIER 1881

Ce n'est pas assez de Paris ni de la France entière, ni du long frémissement du peuple par les
rues, qui court le cœur battant et le front décou-
vert, jetant sur ton seuil les fleurs, le vert laurier;
ni pour te saluer de la haute acclamation ébran-
lant la cité des pavés aux toitures... Pour ton
triomphe, ô Maître! et ta glorification, je voudrais
joindre à l'élan de l'homme les œuvres de Dieu.
Ce qu'il te faut à toi, le sublime chanteur, toi de
la création l'écouteur fidèle, c'est l'immense concert du monde universel ! — Vivats des villes et
rugissement du lion au désert, rumeur de la forêt,
battement des ondes, bourdonnement de la ruche,
murmure des blondes moissons, bêlement du troupeau sur les collines, et les taureaux hurlant dans

16

Ourlant dins la palun plus fort que lou mistrau,
Tèndre coume un souspir lou gregàli qu'aleno,
Li sorgo cascaiant dins sa coupo trop pleno,
La cansoun dis aucèu, l'innoucènto clamour
E lou rire divin dis enfant, toun amour,
Te fèston, iuei. — Deja siés intra dins l'Istòri.
Coume lou vièi soulèu, dins toun mantèu de glri,
Mèstre, agouloupo-te. Que t'enchau lou toumbèu?
Toun tremount es uno aubo : abraso tout lou cèu !
Ve, s'envoulant vers tu, l'arderouso Cigalo :
Ebriado de ti rai, te canto e bat dis alo.

Amelié de Prouvènço, o dous amelié blanc !
Sus sa tèsto de rèire espóussas tremoulant
La flouresoun de nèu que Febrié vous douno !
Estello, d'amoundant mesclas à sa courouno
Lis uiau li pu bèu, li raioun li mai pur :
Lou pouèto inmourtau trèvo plus que l'azur.

le marais plus fort que le mistral, l'haleine du vent .
de Grèce tendre comme un soupir, les sources
babillant dans leurs coupes trop pleines, la chanson
des oiseaux, l'innocente clameur et le rire divin
des enfants, tes amours, te fêtent aujourd'hui. —
Déjà tu es entré dans l'Histoire. Comme le vieux
soleil, dans ton manteau de gloire, Maître, enve-
loppe-toi. Que t'importe le tombeau ? Ton coucher
est une aurore : il enflamme tout le ciel ! Vois,
s'envolant vers toi, l'ardente Cigale : enivrée de tes
rayons; elle te chante en battant des ailes.

Amandiers de Provence, ô doux amandiers
blancs ! sur sa tête d'aïeul faites tremblants pleu-
voir la floraison de neige que vous donne Février !
Étoiles, de là-haut, mêlez à sa couronne les éclairs
les plus beaux et les plus purs rayons : le poète
immortel ne hante plus que l'azur.

LIS ESTELLO

A BOUDOURESQUE DE L'OPÉRA

Darrié la mar e li mountagno,
Quand s'es amoussa lou soulèu,
Sus lou mounde oumbrun e magagno
    Vènon lèu.

Sènso amour la vido es crudèlo,
La vido es uno longo niue :
Urous aquéu qu'a pér estello
    Dous bèus iue !

Coume uno trèvo, soulitàri
Restave amaga dins moun dòu :
Avié fre, moun amo en susàri,
    Avié pòu.

LES ÉTOILES

A BOUDOURESQUE, DE L'OPÉRA

Derrière la mer et les montagnes, lorsque s'est éteint le soleil, ombre et rancœur sur le monde viennent vite.

Sans amour la vie est cruelle, la vie est une longue nuit : heureux celui qui a pour étoiles deux beaux yeux !

Comme un fantôme, solitaire je restais enveloppé dans mon deuil ; mon âme en suaire avait froid, elle avait peur.

16.

Sènso amour la vido es crudèlo,
La vido es uno longo niue :
Urous aquéu qu'a pèr estello
     Dous bèus iue !

Dempièi que dins ma doulour fèro,
Tant douço m'as pourgi la man,
O jouvènto ! moun amo espèro
     En t'amant.

Sènso amour la vido es crudèlo,
La vido es uno longo niue :
Urous aquéu qu'a pèr estello
     Dous bèus iue !

Ma pauro amo, la cresiéu morto ;
Mai tu, 'mé toun sourrire pur,
Amigo, m'as dubert la porto
     Dóu bonur !

Sènso amour la vido es crudèlo,
La vido es uno longo niue :
Urous aquéu qu'a pèr estello
     Ti bèus iue !

Sans amour la vie est cruelle, la vie est une
longue nuit : heureux celui qui a pour étoiles
deux beaux yeux !

Depuis que dans ma douleur farouche, si douce
tu m'as tendu la main, ô jouvencelle! mon âme
espère en t'aimant.

Sans amour la vie est cruelle, la vie est une
longue nuit : heureux celui qui a pour étoiles
deux beaux yeux!

Ma pauvre âme, je la croyais morte ; mais toi,
avec ton sourire pur, amie, tu m'as ouvert la porte
du bonheur!

Sans amour la vie est cruelle, la vie est une
longue nuit : heureux celui qui a pour étoiles tes
beaux yeux !

LA MAN

A-N-ALBERT SAVINE

L'enfant souino, la maire espincho uno lagremo;
Si det fin cercon, proumte, i dentello mescla,
L'evòri dóu mamèu que sort gounfle de la.
Vese encaro la man ounte uiausson li gemo

De si bago. Aquelo ouro èro tant casto e semo
Qu'esmougu de respèt, paurous de treboula,
M'envau. « Tant lèu! » me dis. E, sènso mai parla,
Me trais sa bello man, la siavo jouino femo;

Iéu, la porte à mi bouco e ié fau un poutoun.
Dins la raubo duberto, ebria l'enfantoun
Au blanc mamèu bevié coume à-n-un pur calice.

O·man, pichoto man au touca fres, rousen!...
Me souvendrai toujour d'aquéu bais de delice,
Que ié beisant li det, cresiéu beisa lou sen.

LA MAIN

A ALBERT SAVINE

L'enfant gémit, la mère aperçoit une larme ;
ses doigts fins cherchent, prestes, mêlés aux
dentelles, l'ivoire du sein qui sort gonflé de lait.
Je vois encore la main où scintillent les brillants

De ses bagues. Cette heure était si chaste et
calme, qu'ému de respect et craintif de troubler,
je m'en vais. « Si vite ! » me dit-elle. Et, sans
plus parler, elle me tend sa main, la suave jeune
femme ;

Moi, je la porte à mes lèvres et je lui fais un
baiser. Dans la robe ouverte, enivré, le doux
enfant au sein blanc buvait comme à un pur
calice.

O main, petite main au frais toucher de rose !...
Je me souviendrai toujours de ce baiser de délice où, lui baisant les doigts, je croyais baiser
le sein.

UNO VENICIANO

AU PINTRE ZIEM

Dempièi lóu vèspre que l'ai visto,
Moun cor brulo e moun amo es tristo.
O Leounard ! o Jan Bellin !
L'enfant es de vosto famiho ;
N'avès pinta d'aquéli fiho
A·grands iue pcrdu peralin,

Viergc sajo cmai viergc folo !
E jamai la man vous tremolo.
O grand Mèstre ! voste pincèu
Iuei retrais la raço fatalo
Dis ome, e l'endeman pren d'alo
E s'enauro au plus aut dóu cèu.

UNE VÉNITIENNE

AU PEINTRE ZIEM

Depuis le soir où je l'ai vue, mon cœur brûle
et mon âme est triste. O Léonard ! ô Jean Bellin ! l'enfant est de votre famille ; en avez-vous
peint de ces filles aux grands yeux perdus au
lointain,

Vierges sages et vierges folles ! Et jamais la
main ne vous tremble, ô grands Maîtres ! votre
pinceau aujourd'hui retrace la race fatale des
hommes, et demain il prend des ailes et s'élève
au plus haut des cieux.

Sis èr risènt e malancòni
Avien de l'ange e dóu demòni;
Noun se poudié vèire lou founs
De sis iue prefound coume l'oundo:
Èro blanco e palo, èro bloundo,
Mai coume à Veniso lou soun;

Bloundo coume un lamp de toupàsi.
La glòri d'un sant en estàsi,
E li darrié trelus dóu jour,
Quand lou soulèu plego li ciho,
Espóussant l'or de sa raubiho
Davans Sant-Jorge-lou-Majour.

Vesias lou nus, mau-grat la raubo
Qu'à pichot ple mouvènt derraubo
Sa bèuta suprèmo; vesias
Soun cors pur qu'avié l'armounio
D'uno divesso d'Iounio,
D'uno estatuo de Fidias.

Coume se gounflo la marino,
Boumbavo, ardido, sa peitrino;
Plen de desir e de respèt,

Ses traits souriants et mélancoliques tenaient
de l'ange et du démon ; on ne pouvait voir le
fond de ses yeux profonds comme l'onde ; elle était
blanche et pâle, elle était blonde, mais comme à
Venise elles le sont :

Blonde comme un scintillement de topaze,
comme le nimbe d'un saint en extase et les derniers rayons du jour, quand le soleil ferme les
cils, secouant l'or de sa dépouille devant Saint-
Georges le Majeur.

On voyait le nu, malgré la robe qui sous les
plis mouvants dérobe sa beauté suprême ; on voyait
son corps pur, qui avait l'harmonie d'une déesse
ionienne, d'une statue de Phidias.

Comme s'enfle la mer, se gonflait, hardie, sa
poitrine ; plein de désir et de respect, l'œil ca-

17

L'iue caressavo sa bello anco:
l'aurias poutouna si man blanco,
l'aurias beisa si pichot pèd.

Sa bèuta que me desvario.
Tout de-long de la *Mercerio*
Iéu l'ai seguido coume un fòu:
Leissant un regoun de lumiero,
Dins la foulo traucavo fièro.
Semblavo pas touca lou sòu.

Me sentièu pres de la mascoto!
Avié, soun inchaiènto troto,
La gràci souplo de la serp.
Ah! pèr pau que lou camin dure,
Èro uno enfant à vous coundurre
Au paradis o dins l'infèr.

Car èro pièi d'aquéli femo,
Esfius de joio e de lagremo,
Que sias dins l'eterne soucit
De destria ço qu'an dins l'amo :
Misteriouso, nèu e flamo.
La Mona-Lisa, la Cenci.

ressait sa belle hanche ; vous auriez baisé ses
mains blanches et embrassé ses petits pieds.

Sa beauté qui m'égare, tout le long de la *Mer-
cerie* je l'ai suivie comme un fou ; laissant un sillon de lumière, elle perçait fière dans la foule et
ne semblait pas toucher le sol.

Je me sentais pris d'ensorcellement ! Son indo-
lente allure avait la grâce souple du serpent. Ah !
pour peu que durât le chemin, c'était un enfant à
vous conduire au paradis ou en enfer.

Elle était enfin de ces femmes, sphinx d'allégresse ou bien de larmes, qui vous mettent dans
l'éternel souci de deviner ce qu'elles ont dans
l'âme : mystérieuses, de flamme et de neige, la
Mona-Lisa, la Cenci.

Deja vcici la galanto ouro
Qu'à vóu s'ajoucon li tourtouro
Sus li coupolo de Sant-Marc;
Dins li carriero estrecho e torto,
Apreissa tóuti soun pèr orto :
Fiho, jouvènt, mounge, sóudard.

Es uu carnava de Veniso :
Lis ome en mancho de camiso
Tuerton li grand damo cènt cop,
Li pescadou cridon sa pesco,
E li vendèire d'aigo fresco
Quilon e l'an dinda si got.

De l'oumbro de tóuti li caire
Sort de mouloun de musicaire.
O gai councert jamai fini!
Ausès mandoulino e guitarro :
La fenèstro se duerb... Tout-aro
Uno amourouso vai veni.

Entendiéu pas la cridadisso,
E, dins la foulo mouvedisso,
Noun vesiéu que la bello enfant;

Voici déjà l'heure charmante où à volées se re-
posent les colombes sur les coupoles de Saint-
Marc ; dans les rues étroites, tortueuses, tout le
monde, empressé, est dehors : filles, jouvenceaux,
moines, soldats.

C'est un carnaval de Venise : les hommes en
manches de chemise heurtent cent fois les grandes
dames, les pêcheurs crient leur poisson, et les
vendeurs d'eau fraîche appellent et font tinter
leurs gobelets.

De l'ombre de tous les carrefours il sort des
troupes de musiciens. O gais concerts jamais finis ! Ecoutez les mandolines et les guitares : la
fenêtre s'ouvre... Tout à l'heure une amoureuse va
venir.

Je n'entendais pas la clameur, et, dans la
foule onduleuse, je ne voyais que la belle en-

De-fes me semblavo perdudo
'O que jougavo is escoundudo
Dins l'erso dóu pople estoufaut.

Ansin jusqu'au pont dóu Rialto
Caminerian... Elo fai alto;
Anave la rejougne! Es que
La fadeto sono un remaire,
E, sèns galant e sènso maire,
Lèsto s'embarco, e rèste quet!

Souto la remo l'oundo gisclo;
L'oumbro crèis : i pouncho dis isclo
Deja s'atubon li fanau;
Li palais e li campanile,
Li pourtau, d'un rebat tranquile
Se miron dins lou Grand Canau.

Coume uno negro dindouleto
Fuso la gandolo... — Souleto,
L'enfant s'envai, o vèspre amar!
Foro de la gandolo bruno
Sa raubo coume un rai de luno.
Blanco, resquiho sus la mar.

Veniso, juliet 1873.

fant ; parfois elle me semblait perdue ou bien
jouant à cache-cache dans la vague du peuple
étouffant.

Ainsi, jusqu'au pont du Rialto nous marchâmes...
Elle s'arrête ; j'allais l'atteindre ! Et voilà que la
petite fée hèle un rameur, et sans amoureux,
sans sa mère, vive, elle s'embarque et je reste
coi !

Sous la rame l'onde jaillit ; l'ombre croît : aux
pointes des îles déjà s'allument les falots ; les palais et les campaniles, les portiques d'un calme
reflet se mirent dans le Grand Canal.

Ainsi qu'une hirondelle noire la gondole fuit...
Seule, l'enfant s'en va, ô soir amer ! et hors de la
brune gondole, sa robe comme un rayon de lune.
blanche, glisse sur la mer.

Venise. juillet 1873.

DÒU

A CARLE DE TOURTOULON

Pèr assoula toun cor, que noun fai que gemi,
De toun castèu en dòu trevant li gràndi salo,
Destries, souloumbrous, l'istòr prouvençalo :
Mai l'amaro douleur, rèn la pòu endourmi.

A pichot pas, vers tu, l'entèndes plus veni
Te rire à tis estùdi, e lou làngui te jalo,
Dempièi que toun amigo, un ange, a pres dos alo
E que s'es entournado au cèu, ai! paure ami!

Alor, en pantaiant la douço jouino femo,
Lou libre qu'as dubert, lou bagnes de lagremo
Auses plus soulamen lou poulit bru que fan,

Jougaire e risoulet, toun fiéu e ti chatouno.
Mais éli t'escalant, emé milo poutouno :
— « Paire, siés pas soulet! » te dison tis enfant.

Setèmbre 1873.

DEUIL

A CHARLES DE TOURTOULON

Pour apaiser ton cœur, qui ne fait que se plaindre, de ton château en deuil parcourant les grandes salles, tu déchiffres, sombre, l'histoire de Provence ; mais l'amère douleur, rien ne peut l'endormir.

A petits pas vers toi, tu ne l'entends plus venir sourire à tes études, et la mélancolie te glace, depuis que ton amie, un ange, a pris deux ailes et qu'elle est retournée aux cieux, hélas ! pauvre ami !

Alors, en songeant à la douce jeune femme, le livre que tu as ouvert, tu le mouilles de larmes ; tu n'entends même plus le bruit charmant que font,

Enjoués et rieurs, ton fils et tes fillettes. Mais eux, t'escaladant, avec mille baisers : « Père, tu n'es pas seul ! » te disent tes enfants.

Septembre 1873.

17.

LOU LÀNGUI DE L'IVÈR

A MICOULAU DE SEMENOW

A la memòri de toun paire ausse lou vèire!
Au païs dis óulivo emé dis arangié,
L'an darrié de sa vido, èro vengu lou rèire
Souleia soun viciounge, e lou noble estrangié
Pantaiavo en soun cor e regardavo à rèire.

Sa pensado ounte anavo? Ai! paure, de-qu'avié
Pèr ista triste ansin souto lis óulivié?

Lou rèire a lou soulèu, mai quaucarèn ié manco,
E davans nòsti roso e nòstis aubre verd,
Sounjo i fourèst negrasso, au glas penjant di branco;
A lou làngui dóu nord, lou làngui de l'ivèr :
De-fes, un plour sutiéu bagno sa barbo blanco.

Pèr lou païs dóu gèu, pèr sa terro de dòu,
Un vèspre, emé la niue, es parti coume un fòu.

LA NOSTALGIE DE L'HIVER

A NICOLAS DE SÉMÉNOW

A la mémoire de ton père, je lève le verre ! Au pays des oliviers et des orangers, la dernière année de sa vie, l'aïeul était venu ensoleiller sa vieillesse, et le noble étranger songeait en son cœur et regardait en arrière.

Sa pensée, où allait-elle ? Hélas ! hélas ! qu'avait-il pour demeurer triste ainsi sous les oliviers ?

L'aïeul a le soleil, mais quelque chose lui manque. Et devant nos roses et nos arbres verts, il rêve aux noires forêts, aux glaçons pendant des branches : il a la nostalgie du nord, la nostalgie de l'hiver ; parfois un pleur subit baigne sa barbe blanche.

Pour le pays du givre, pour sa terre de deuil, un soir, avec la nuit, il est parti comme un fou.

E lou rèire pamens a l'antico sagesso ;
Mai.l'amour patriau plus fort lou devouris,
La Russìo, vaqui sa suprèmo tendresso :
Flour, soulèu, amista, rèn, plus rèn ié sourris,
Tant, de malancounié, soun amo grando es presso.

Souto noste soulèu poudié plus tempouri ;
Lou fasié vièure : eh ! bèn, s'es enana mouri !

Pèr éu la terro estranjo èro un trop dur martire ;
Countènt coume un enfant que retourno à l'oustau,
Dins soun trefoulimen noun sabié plus que dire...
Quand la fre lou prenguè dins soun mantèu fatau,
Saludè sa coumpagno em'un darrié sourrire ;

Pièi crousè douçamen si dos man sus soun cor,
E, blanc coume la nèu, calme, esperè la mort.

Et l'aïeul pourtant a l'antique sagesse ; mais
l'amour de la patrie plus véhément le dévore. La
Russie, voilà sa suprême tendresse : fleurs, soleil, amitié, plus rien ne lui sourit, tant, de mélancolie, sa grande âme est prise.

Sous notre soleil, il ne pouvait plus attendre ;
le soleil le faisait vivre : eh ! bien, lui s'en est
allé mourir !

Pour lui la terre étrangère était un trop dur
martyre ; content comme un enfant qui retourne
à la maison, dans son allégresse il ne savait plus
que dire... Quand le froid le prit dans son manteau fatal, il salua sa compagne d'un dernier sourire ;

Puis il croisa doucement ses deux mains sur
son cœur, et, blanc comme la neige, calme, il
attendit la mort.

LA SAURO

AU DÓUTOUR PAUL CASSIN

Quand tont es blound, suau, dins la caudo sesoun
Que lou fió dóu soulèu vestis d'or la meissoun:
Quand l'or, au ventoulet, plòu di sàuri genèsto;
Quand l'ile blanc flouris d'uno bèuta celèsto,

E quand lou blu dóu cèu es tant pur, tant prefound,
Que l'azur de la mar e dóu cèu se counfound,
Diéu te creè, mignoto! e, coume avié de rèsto
De raioun à si man, n'en courounè ta tèsto:

Pintè tis iue dóu blu dóu cèu e de la mar,
E dóu velout dis ile en flour faguè ta car.
E iéu sabe un jouvènt, fòu, tant de tu barbèlo :

Pecaire! n'a jamai, — talamen es póutroun, —
Floureja de si det ti det, mai voudrié, bello,
Sus ti bouco manja toun amo e ti poutoun!

LA BLONDE

AU DOCTEUR PAUL CASSIN

Quand tout est blond, suave, dans la chaude
saison où le feu du soleil revêt d'or la moisson :
quand l'or, à la brise, pleut des genêts dorés :
quand le lilas blanc fleurit d'une beauté céleste,

Et quand le bleu du ciel est si pur, si profond,
que l'azur de la mer et celui du ciel se confon-
dent, Dieu te créa, mignonne ! et, comme il avait
en mains des rayons de reste, il en couronna ta
tête :

Il peignit tes yeux du bleu de la mer et du
ciel, et du velours des lis en fleurs il fit ta chair.
Et moi je sais un garçon, fou de désirs pour
toi :

Hélas ! il n'a jamais, — tellement il est poltron,
— effleuré de ses doigts tes doigts ; mais il voudrait, belle, sur tes lèvres, manger ton âme et tes
baisers.

LOU BAL

A MADAMO ANFOS DAUDET

Em' un cledat de cano seco
An fa lou bal sus l'estoubloun,
E lou plesi pren à la leco
La chato qu'entènd li vióuloun.

Vióuloun, tambourin, clarineto,
Sus quatre post, li musician,
Caro usclado, nas à luneto,
Destounon coume de bóumian.

Dòu batut la bouto qu'arroso
Abat la póusso e la calour;
Au canèu escalo de roso,
La sebisso morto a de flour.

LE BAL

A MADAME ALPHONSE DAUDET

Avec une claie de roseaux secs on a fait le bal
dans les chaumes, et le plaisir prend à son piège
la fille qui entend les violons.

Violon. tambourin et clarinette. sur quatre ais
les musiciens, face brûlée, nez à lunettes, dé-
tonnent comme des bohémiens.

Sur l'aire un tonneau d'arrosage abat la pous-
sière et la chaleur ; des roses montent le long des
cannes, la haie morte est pleine de fleurs.

Di piboulo l'oumbro verdalo
S'alongo pèr s'esparpaia;
Deforo, au soulèn, li cigalo
Terriblo fan que cascaia.

Es dos ouro : la terro brulo,
Un cèu de braso, pa 'n péu d'èr:
Lou sang dins li veno barrulo
Febrous, e fernisson li nèr.

Pan! pan! e vaqui la quadriho
Que tout-aro vai coumença.
Chasque drole cerco uno fiho:
Li couple parton enliassa.

Cremesino, la tèsto à rèire,
Lou rire is iue, lou rire i dènt,
Qu'es lòugiero e fai gau de vèire.
Aquelo, e coume danso bèn!

Mau-grat la caud uno autro palo.
Lis iue dubert sèns regarda.
Coucho la tèsto sus l'espalo
De soun calignaire enfada.

L'ombre des peupliers s'allonge verte et s'épar-
pille. Tout autour la crécelle des cigales au soleil
sonne terriblement.

Deux heures : la terre brûle, un ciel de braise.
pas un souffle; le sang des veines roule enfiévré:
les nerfs frémissent.

Pan ! pan ! et voilà le quadrille qui va com-
mencer tout à l'heure. Chaque garçon cherche
une fille ; les couples partent enlacés.

Cramoisie, la tête en arrière, le rire aux yeux.
le rire aux dents, qu'elle est légère et plaisante à
voir, celle-là, et qu'elle danse bien !

Une autre, pâle malgré la chaleur, les yeux ou-
verts sans regarder, pose sa tête sur l'épaule de
son danseur éperdu.

Vivo, aquesto, e galejarello,
La vesès i quatre cantoun
Sèmpre emé tóuti dansarello
E santant coume un fouletoun.

Muto, lis iue clin, coume morto,
Ravassejant de sai pas que,
L'autro, soun dansaire l'emporto
Sèns la sourti dóu penequet.

Lou diable ris dins la baragno,
E la musico de rounfla!...
Coume de telo d'estaragno
Lou diable espandis si fiela.

Veici la chatouno paurouso
Que baio just lou bout di det
A soun menaire, e l'amourouso
Passant la man au brun coutet.

Aquelo à soun cadet pantaio,
Douçamen danso à pichot pas,
E l'ami que i'a pres la taio
La sarro entiero dins si bras.

Celle-ci fringante et vive, voyez-la dans les quatre coins, danser toujours, avec tout le monde, et sauter comme un petit follet.

Muette, l'œil mi-clos, comme morte, et rêvant de je ne sais quoi, l'autre, son cavalier l'emporte pâmée sans qu'elle s'éveille.

Le diable rit dans la broussaille ; et la musique de ronfler !... Comme des toiles d'araignée, le diable a tendu ses filets.

Voici la fillette peureuse qui donne juste le bout des doigts à son meneur, et la passionnée qui de la main frôle les nuques brunes.

Une autre pense à son ami ; elle danse à petits pas posément, et celui qui lui tient la taille la serre toute entre ses bras.

Vèn li drouleto mau couifado
Vèire coume lis autro fan :
Pieta! lou coursage estré bado.
Trop courto es la raubo d'enfant!

Autant souplo que l'amariuo,
Uno danso d'un biais ardit;
Si lièr teté sus la peitrino
De soun fringaire an reboundi.

Es uno ardènto mescladisso :
Touto man quisto uno autro man.
Lou diable ris dins la sebisso;
Femo, giugoularés deman!

Au vauc d'uno mouresco folo,
Li raubo fan lou remouliu,
Lou péu esfaraja s'envolo
E li fichu toumbou acliu.

Dóu desir grandis la fangalo.
Li miguoto n'an plus d'alen;
Lou sen fai lou mounto-davalo
Dins lou boumbet jouine e trop plen.

Il vient un tas de petites mal coiffées pour
voir comment les autres font. Pitié ! leur corsage étroit bâille, trop courte est leur robe d'enfant !

Aussi souple que l'osier noir, l'une danse d'un
biais hardi, sa gorge fièrement gonflée sur la poitrine de son mâle.

C'est une mêlée ardente, chaque main cherche
une autre main. Le diable rit dans la baie sèche :
femmes, vous pleurerez demain !

Au vent d'une moresque folle, les robes font le
tourbillon ; la chevelure envolée s'effare, les fichus
s'en vont de côté.

Du désir grandit la fringale. Les fillettes n'ont
plus de souffle ; c'est un va-et-vient de jolies
gorges dans le corset jeune et trop plein.

Sus li mentastre e sus li maulo,
De parèu vènon s'assèta :
Mai de poutoun que de paraulo,
Charron, calignon sèns coumta.

Hóu! la bruno, ounte vas souleto
A fusa long de l'aglanié
Touto esglariado e tremouleto...
Lou diable ris dins lou canié.

Lou bal finis; la chato lasso
Vès-la que s'entourno à l'oustau,
Doulènto, nèco, tèsto basso
E susant lou pecat mourtau.

D'àutri s'envan en farandoulo,
Embriaga, la flamo is iue;
L'amour crido, la car idoulo :
Dansaran de plus bello à-niue.

Dins lou campèstre qu'alumino
Dóu tremount l'inmènso roujour,
En cantant un jouvènt camino..
Lou diable ris dins la liunchour.

Sur les menthes sauvages et sur les mauves,
des amoureux sont venus s'asseoir : plus de caresses que de paroles, on cause, et les baisers ne
se comptent plus.

Hé ! la brune, où vas-tu toute seule ? Elle file le
long des chênes, aveuglée, tremblante, perdue...
Le diable rit dans les roseaux.

Le bal finit, la fille lasse s'en retourne à la
maison, dolente, la tête baissée, et suant le péché
mortel.

D'autres partent en farandole, ivres, la flamme
dans les yeux ; l'amour crie, la chair hurle ; on
dansera encore cette nuit.

Par les champs déserts qu'illumine du couchant
l'immense rougeur, un jeune homme chemine et
chante... Le diable rit dans le lointain.

18

LA COUPO

Ausse la coupo! — A iéu m'agrado,
En fasènt un poutoun au vin,
De pourta 'n brinde au biais divin
Di bèlli dono enamourado!
Lou vin enauro l'esperit,
Mai l'amour assièuno lis amo :
Li jour amar soun lèu flouri
Dins li brassado d'uno damo.
Mies que lou castèu-nòu brulant,
Un pichot poutoun tremoulant
Enfioco e fai vira la tèsto.
Brinde à vous, dono! eterno fèsto
De lou que sènt batre soun cor :
A tu, Bèuta, grand estrambord

LA COUPE

Je lève la coupe ! — Il me plaît à moi, en fai-
sant un baiser au vin, de porter un brinde à la
grâce divine des belles dames enamourées ! Le
vin élève l'esprit, mais l'amour embellit les
âmes. Les jours amers sont bien vite fleuris
quand une dame vous embrasse. Mieux que le
château-neuf brûlant, un petit baiser tremblant
enflamme et fait virer la tête. Je brinde à vous,
dames, éternelle fête de celui qui sent battre son
cœur ; à toi, Beauté, grand enthousiasme des

Di felibre e di calignaire!
Foro d'eici li rouvihaire!...
Vai-t'en, moun brinde, i quatre vènt!
Felibresso liuncho o vesino,
Dins la coupo, baise, en bevènt.
Vòsti bouqueto cremesino!

félibres et des amoureux ! Hors d'ici les fâ-
cheux !... Va-t'en, mon brinde, aux quatre vents !
Félibresses éloignées ou voisines, dans la coupe
je baise, en buvant, vos lèvres cramoisies !

LOU VENTOUR

AU DÓUTOUR ALFRET PAMARD

Ventour espetaclous, nis d'aiglo e d'aubanèu,
Toun front nus, à l'adré, blanquejo sout la nèu;
A l'uba, la fourèst fai ta tèsto negrasso;
Li loup trèvon ti draio ounte l'ome s'alasso,

E di vilo naneto eilavau lou troupèu
S'esparpaio : vivènto an lou chut dóu toumbèu.
Lou mistrau te bacèlo e lou soulèu t'embrasso;
Tu, mountes aut e fier vers lou tron que t'estrasso.

Mai la plano adeja soumbrejo, l'errour vèn :
Li nivo cremesin embarron lis aven,
Touto la lus dóu jour escalo à ti flanc rose;

Un darrié ruscle d'or intro dins lou bouscas,
L'oumbro crèis. Esperant la niue sus ti roucas,
Countèmples amudi la mar e li dous Rose.

LE VENTOUX

AU DOCTEUR ALFRED PAMARD

Ventoux effrayant, nid d'aigles bruns et d'aigles blancs, ton front nu, au midi, est blanc sous
la neige ; au nord, la forêt te fait une noire chevelure ; les loups hantent tes sentiers où l'homme
s'essouffle,

Et des villes naines là-bas le troupeau s'épar-
pille : vivantes, elles ont le silence des tombes.
Le mistral te soufflette et le soleil te baise ; toi,
tu te dresses haut et fier vers le tonnerre qui te
déchire.

Mais la plaine s'assombrit, le soir vient ; les
nuages pourpres obstruent les gouffres, toute la
lumière du jour remonte à tes flancs roses ;

Un dernier jaillissement d'or pénètre les grands
bois, l'ombre augmente. Attendant la nuit sur tes
rochers, tu contemples muet la mer et les deux
Rhônes.

NOUVELUN

Moun esperit, de-fes, tristamen tourno à rèire.

Oh! que m'es en de-bon, jouvènto, de te vèire!
I rai de ti bèus iue laisso-me souleia;
Laisso-me te mira! Tis iue, grave o risèire,
M'enauron!... Dins soun fiò noun sabe ço que i'a,
Mai de Zani me fan de-longo pantaia,
Car pantaio de-longo aquéu, pecaire! qu'amo.
Cor tèndre, cor prefound, suavo coume tu,
Ma pauro bello amigo èro un ange, èro uno amo.
Vaqui perqué souvènt me veses resta mut,
Tant ié retraises, Dono, e tant siéu esmougu.
Coume un soulèu d'ivèr qu'en un vèspre d'aurige
S'amosso trecoulant dins li nivo estrassa,
L'amour pur que moun amo avié tant caressa
S'esvaliguè subran, ai! las! e sèns lassige
Iéu ploure lou bonur qu'ai entre-vist passa.

RENOUVEAU

Mon esprit, parfois, tristement revient en arrière.

Oh ! qu'il m'est bon, jouvencelle, de te voir !
Aux rayons de tes beaux yeux laisse-moi m'ensoleiller : laisse-moi te contempler ! Tes yeux,
graves ou souriants, me transportent !... Dans
leur feu je ne sais ce qu'il y a, mais de Zani ils
me font longuement rêver, car il rêve longuement celui, hélas ! qui aime. Cœur tendre, cœur
profond, suave comme toi, ma pauvre belle amie
était un ange, était une âme. Voilà pourquoi souvent tu me vois rester muet, tellement tu lui res-
sembles, ô Done ! et tellement je suis ému. Comme
un soleil d'hiver qui, en un soir d'orage, s'éteint
en se couchant dans les nuages déchirés, l'amour
pur que mon cœur avait tant caressé s'évanouit
soudain, hélas ! et sans relâche, moi je pleure le
bonheur que j'ai entrevu passer.

Dempièi qu'au mounastié l'enfant s'es embarrado,
Aviéu ges atrouva de sorre à l'adourado...
Ta man, ta jouino man fresco, baio-me-la!
La man d'uno chatouno, autre tèms, m'a brula;
De la tiéuno descènd uno douçour celèsto.
Laisso-me poutouna ta poulido man!... rèsto,
Moun cor trop plen deshoundo e vole te parla!
Vo! me rèndes la vido e l'amour e la voio;
La doulour me fasié felibre, aro es la joio.
Luno, de rai d'argènt semeno li draiòu;
Cantas, pichot grihet; cantas, gai roussignòu;
Coume un rire aliuncha, passo à travès li lèio,
Vènt d'abriéu qu'as bressa Vincèn emé Mirèio!
Ah! lou proumier amour que coungreio lou cor,
Urous o malastra, toujour es lou plus fort!

Mai lou matin clarejo emé la nouvello aubo,
Lou soulèu trelusènt mounto dóu founs di mar;
Moun amour jouine e bèn, dins sa pu blanco raubo,
Renais d'aquéu passa tant ploura, tant amar.
De la bruno Zani, vai, siés mai que la sorre;
Reviéudes ma jouvènço e mi pantai fini :
Veici de Camp-Cabèu li roure; siés Zani!
Amen-nous, amen-nous, mignoto, avans que more!

Depuis qu'au monastère l'enfant s'est enfer-
mée, je n'avais point trouvé de sœur à l'adorée...
Ta main, ta jeune main fraîche, donne-la-moi !
La main d'une jeune fille, autrefois, m'a brûlé ;
de la tienne descend une douceur céleste. Laisse-
moi baiser ta jolie main !... reste, mon cœur
trop plein déborde et je veux te parler ! Vois !
tu me rends la vie et l'amour et le courage ; la
douleur me faisait félibre, à présent c'est la joie.
Lune, de rayons d'argent sème les sentiers ;
chantez, petits grillons ; chantez, gais rossignols;
comme un rire lointain, passe au travers des allées, vent d'avril, qui as bercé Vincent et Mireille ! Ah ! le premier amour qui germe au
cœur, heureux ou malheureux, est toujours le
plus fort !

Mais le matin s'éclaire avec la nouvelle aube ;
le soleil radieux monte du fond des mers ; mon
amour jeune et beau, dans sa plus blanche robe,
renaît de ce passé tant pleuré, si amer. De la brune
Zani, va ! tu es plus que la sœur ; tu ressuscites
ma jeunesse et mes rêves finis : voici les rouvres
de Camp-Cabel ; tu es Zani ! Aimons-nous, aimons-nous, mignonne, avant que je meure !

LOU PORGE DE SANT-VITOUR

A MARSIHO

A MADAMO LUDÒVI LEGRÉ

Sout lou porge negras, l'un à l'autre cougna,
D'ageinoun, agrouva, dre dins l'oumbro que jalo,
La chourmo di coucaro, orre pèu, barbo salo,
Cambo morto, bras rout, iue cura, nas argna,

Quisto l'òumourno e dis de *Pater* embouia,
Coume un vòu de tavan que rounflo e bat dis alo
Em'un sour jafaret. La glèiso couloussalo
Se duerb : di grand fenèstro, en uiau estraia,

Toumbo uno raisso d'or, qu'enlioco de sa glòri
Autar, dentello, flour, l'oustio e lou cibòri;
Ange e sant trefouli sorton di vièi tablèu.

E l'orgue resclantis e lou pople se clino,
E dis enfant de cor la voues de cardelino
S'enauro cmé l'encèns dins un rai de soulèu.

LE PORCHE DE SAINT-VICTOR

A MARSEILLE

A MADAME LUDOVIC LEGRÉ

Sous le porche noir, l'un à l'autre cognés, à
genoux, accroupis, debout dans l'ombre froide,
la bande des mendiants, horribles cheveux, barbes
sales, jambes mortes, bras rompus, yeux vides,
nés rongés,

Quête l'aumône et dit des patenôtres embrouil-
lées, comme un essaim de taons qui ronfle et bat
des ailes avec un sourd murmure. L'église colos-
sale s'ouvre : des grandes fenêtres, en éclairs
éparpillés,

Tombe une averse d'or, qui embrase de sa
gloire autel, dentelles, fleurs, le ciboire et l'hostie ;
anges et saints, tressaillants, sortent des vieux
tableaux.

El l'orgue retentit et le peuple s'incline, et des
enfants de chœur la voix de chardonneret s'envole avec l'encens dans un rayon de soleil.

19

NOÇO DE FIÒ

A TEODOR DE BANVILLE

Dis uba coume de l'adré
Lou cèu es negre, mut e fre;
Lis estello devènon palo;
A l'ourizount, uno lusour
Blanco decoupo sus lou sour
Di serre li mounto-davalo.

La lusour, au levant neblous,
Raiant li nivo espetaclous,
Fai d'estràngi palais de maubre:
Un vènt misterious, jala,
En caressant fai tremoula
L'erbiho e la fueio dis aubre.

NOCES DE FEU

A THÉODORE DE BANVILLE

Au nord comme au midi le ciel est noir, muet
et froid ; les étoiles deviennent pâles ; à l'horizon,
une lueur blanche découpe sur le sombre les den-
telures des collines.

La lueur, au levant embrumé, rayant les nuages
énormes, fait d'étranges palais de marbre ; un
vent mystérieux, glacé, en les caressant, fait frissonner les herbes et la feuille des arbres.

Se vèi que quaucun vai veni :
Lou lume crèis dins l'infini,
Cabusso, tremudo, amoulouno
Bastis d'escalié, de pourtau
E jito d'immènsi frountau
Sus de sequèlo de coulouno.

Lóugiero, dins lou cèu pu clar,
L'Aubo fai flouta sus li clar
Lou riban blanc de sa centuro,
Coume uno chato que la som
Fugis e que vai à la font
Desnousa sa cabeladuro.

Souto l'auro, d'eici, d'eila,
Quàuqui nièu se soun envoula
Dins l'auturo roso e vióuleto ;
Dóu jour nouvèu courrèire alu,
An l'iue de flamo, an de belu
Sus sis alo de dindouleto.

A travès li celèsti vau,
De cavalié, sus li chivau
Que fan fiò di pèd e di narro,

On voit que quelqu'un va venir : la lumière
croit dans l'infini : elle renverse, transforme,
accumule ; elle bàtit des escaliers, des portiques,
et jette d'immenses frontons sur une ribambelle
de colonnes.

Légère, dans le ciel plus clair, l'Aube fait flot-
ter sur les étangs le ruban blanc de sa ceinture,
comme une jeune fille que le sommeil fuit et qui
va à la fontaine dénouer sa chevelure.

Sous la brise, d'ici, de là, quelques nuages se
sont envolés dans la hauteur rose et violette : du
jour nouveau courriers ailés, ils ont l'œil flam-
boyant, ils ont des scintillements sur leurs ailes
d'hirondelles.

A travers les célestes vallées, des cavaliers, sur
les chevaux qui font feu des pieds et des na-

Emboucant la troumpeto d'or,
Revihon lou mounde que dor;
Lou gau respond à la fanfaro.

Subran l'ourièn s'es dubert
E l'iue esbarluga se perd
Dins li founsour acoulourido,
Palais enfada dóu Matin,
Bousquet meravihous, jardin
Qu'an d'estello per margarido.

Dins l'escandihado dóu jour,
A flot, damisello e segnour
Arribon en grando preissado;
Mai brihant que de parpaioun
Soun li mantèu, e de raioun
Franjon li raubo refoufado.

Pimpado d'or e de roubis,
Sus lis escalié de lapis,
Long di balustre de pourfire,
Li dono que porjon la man
I segnour brouda de diamant,
Fuson em' un divin sourrire.

seaux, embouchant la trompette d'or, réveil-
lent le monde qui dort ; le coq répond à la fan-
fare.

Soudain l'orient s'est ouvert, et l'œil ébloui se
perd dans les profondeurs colorées, féeriques palais du Matin, bosquets merveilleux. jardins qui
ont des étoiles pour marguerites.

Dans le flamboiement du jour, à flots, demoiselles et seigneurs arrivent en grande hâte ; plus
brillants que les papillons sont les manteaux, et
des rayons frangent les robes bouffantes.

Chamarrées d'or et de rubis, sur les escaliers
de lapis, le long des balustres de porphyre, les
dones qui tendent la main aux seigneurs brodés
de diamants, glissent avec un divin sourire.

Raisso de sedo e de velout,
L'ufanous courtege, vès-lou
Farandoula dins la lumiero;
Jamai au païs venician
Lou Verounés o lou Tician
Au pinta de noço pariero.

Dins li jardin de paradis
La bello noço s'espandis:
Li chin, li boufoun e li page
Jogon ensèn: li violo d'or
Lèu-lèu se soun messo d'acord
E se balo sout lou fuiage.

Alin, d'un fantasti sourgènt,
Gisclo e boui un flume d'argènt;
L'oumbro s'encour, l'encèndi gagno:
Lou fiò, la flamo ennègon tout,
E d'aquéu sublime abradou
L'astre boundis sus la mountagno.

Cresèire, negaire de Diéu,
Bèsti, gènt, en tout ço que viéu
Passo un frejoulun dins li veno.

Déluge de soie et de velours, l'opulent cortège,
voyez-le farandoler dans la lumière; jamais au
pays vénitien, le Véronèse ou le Titien n'ont
peint des noces pareilles.

Dans les jardins de paradis la belle noce se répand; les chiens, les bouffons et les pages folâ-
trent ensemble; les violes d'or vite se sont accor-
dées, et l'on danse sous la feuillée.

Là-bas, d'une source fantastique, jaillit et bout
un fleuve d'argent; l'ombre s'enfuit, l'incendie
gagne; le feu, la flamme inondent tout, et de ce
sublime embrasement l'astre bondit sur les
montagnes.

Croyants, athées, bêtes et gens, en tout ce qui
vit passe un frisson dans les veines.

19.

Toun leva, l'ai vist, o soulèu!
Veirai-ti toun tremount? — Belèu!...
Aquest matin ounte me meno?

Alor Febè pren soun arquet
E, s'aliunchant dins li bousquet,
La casto e bloundo cassarello
S'esvalis dins lis aubre blu;*
Au fiermamen tournara plu
Qu'emé li proumiéris estello.

Ton lever, je l'ai vu, ô soleil ! Verrai-je ton coucher ? — Peut-être ! — Cette matinée, où me mène-t-elle ?

Alors Phébé prend son arc, et, s'éloignant dans les bosquets, la chaste et blonde chasseresse disparaît dans les arbres bleus ; au firmament, elle ne retournera plus qu'avec les premières étoiles.

BÈUMOUNO

A-N-AGUSTE FOURÈS

O chato, fres rasin ounte voudriéu beca !
Uno fai mi delice e me poun d'amaresso :
Sis iue verd coume l'aigo, un brisounet maca,
Treluson d'ignourènço e d'estranjo arderesso.

Soun vièsti lóugeiret noun sèmblo la touca ;
Lou fichu clarinèu à poulit ple caresso
Lou sen arredouni que se vèi boulega.
Un vèspre, n'aviéu fam, e dins mi bras l'ai presso,

L'ai empourtado au founs di lèio..... Li vióuloun
Jougavon, danserian : elo, sus moun espalo,
Revessant tendramen sa tèsto fino e palo ;

Iéu à long flot bevènt l'oundo de si péu blound
Que lou van de la danso à mi bouco enmandavo ;
E de si grands iue verd, muto, me regardavo.

BELMONE

A AUGUSTE FOURÈS

O jeune fille, frais raisin où je voudrais mordre ! Une fait mes délices et me point d'amertume : ses yeux verts comme l'eau, un peu battus,
scintillent d'ignorance et d'étrange ardeur.

Son vêtement léger ne semble pas la toucher ;
le fichu transparent à plis charmants caresse le
sein arrondi que l'on entrevoit remuer. — Un
soir, j'avais faim d'elle, et dans mes bras je l'ai
prise,

Je l'ai emportée au fond des allées... Les violons jouaient, nous dansâmes : elle, sur mon
épaule, renversant tendrement sa tête fine et
pâle ;

Moi, à longs flots, buvant l'onde de ses blonds
cheveux que l'élan de la danse jetait à mes
lèvres ; et de ses grands yeux verts, muette, elle
me regardait.

LA CANSOUN DE L'AN QUE VÈN

A MOUN DROLE

Dau! dau! Prouvençau!
Dau! dau! Prouvençau!
Dau! dau!

Sus li raro
Trèvo encaro
L'Alemand; vès-lou!
Di sambuco
Nous aluco
Emé d'iue de loup!

Dau! dau! Prouvençau

LA CHANSON DE L'AN QUI VIENT

A MON FILS

Sus ! sus ! Provençaux! Sus! sus ! Provençaux !
Sus ! sus !

Sur les frontières, il erre encore, l'Allemand :
voyez-le ! Des défilés il nous épie avec des yeux
de loup !

Sus! sus ! Provençaux !

Ve-lou, Franço :
L'ahiranço
L'encagno, afama
De ti plano
Abelano,
Ti mount perfuma.

Dau ! dau ! Prouvençau !

Éu barbèlo
Di tousello,
De l'òli, dóu vin,
De poutouno,
Di chatouno
A gàubi divin !

Dau ! dau ! Prouvençau !

Plueio fèro,
Sus la terro
Lou sang escampa
Sèmpre es ime :
Di grand crime
Lou sang seco pa !

Dau ! dau ! Prouvençau !

Vois-le, France : la haine l'acharne, affamé
de tes plaines généreuses, de tes monts odo-
rants.

Sus ! sus ! Provençaux !

Il convoite pantelant les blés, l'huile, le vin, les
baisers, les jeunes filles divinement gracieuse.

Sus ! sus ! Provençaux !

Pluie féroce, sur la terre le sang répandu est
toujours humide : des grands crimes le sang ne
sèche pas !

Sus ! sus ! Provençaux !

L'erbo greio...
Mai chauriho,
Ausiras li mort;
Ah! venjanço !
Orro enjanço
Dis ome dóu Nord !

Dau! dau! Prouvençau !

Is espaso,
Sus la graso,
Lèu, baio lou fiéu;
Despendoulo,
Ras de goulo
Cargo toun fusiéu !

Dau! dau! Prouvencau !

Que la daio
Di bataio
S'enmanche à rebous;
Destrau, sabre,
De cadabre
Emplissès li pous !

Dau! dau! Prouvençau !

L'herbe pousse.... Mais prête l'oreille, tu entendras les morts : Ah ! vengeance ! horrible race des hommes du Nord !

Sus ! sus ! Provençaux !

Aux épées, sur la meule, vite, donne le fil : décroche et à gueule rase charge ton fusil !

Sus ! sus ! Provençaux !

Que la faux des batailles s'emmanche à rebours ; sabrés, haches, de cadavres remplissez les puits !

Sus ! sus ! Provençaux !

Paisan, sègo
Rego à rego
Ti fen, toun jardin;
Coupo, tranco
E la branco
E l'aubre e l'autin !

Dau ! dau ! Prouvençau !

Coucho, pastre,
De ti chastre·
L'inmènse escabot;
Fuge, courre
Sus li mourre.
Fuge à grand galop !

Dau ! dau ! Prouvençau !

Crèbo, Sorgo,
E desgorgo
De tis espacié;
Rose, nègo
A cent lègo
Chivau, cavalié !

Dau ! dau ! Prouvençau !

Paysan, fauche sillon à sillon tes foins, ton jardin ; coupe, tranche et la branche et l'arbre et la treille !

Sus ! sus ! Provençaux !

Chasse, pâtre, de tes moutons l'immense troupeau ; fuis, cours sur les montagnes, fuis au grand galop !

Sus ! sus ! Provençaux !

. Crève, Sorgue, et déborde de tes digues ; Rhône, noie à cent lieues chevaux, cavaliers !

Sus ! sus ! Provençaux !

O terrible
Endoulible !
Fau que l'Alemand,
　Ni lou viéure.
　Ni lou béure.
Trove rèn deman !

Dau ! dau ! Prouvençau !

Li Mirèio
E li vièio,
Restas au lindau ;
　S'uno troupo
　Se i'agroupo,
Brularés l'oustau !

Dau ! dau ! Prouvençau !

Labouraire,
De l'araire
Lèvo lèu ti brau ;
　Sout li balo,
　Zóu ! escalo
Li grand canoun rau.

Dau ! dau ! Prouvença

O terrible déluge ! il faut que l'Allemand, ni à manger, ni à boire, ne trouve rien demain !

Sus ! sus ! Provençaux !

Les Mireilles et les vieilles, restez au seuil ; si une troupe s'y rassemble, vous brûlerez la maison !

Sus ! sus ! Provençaux !

Laboureur, de l'araire dételle promptement tes bœufs ; sous les balles, en avant ! monte les grands canons rauques.

Sus ! sus ! Provençaux !

Biòu, gimèrri,
Dins lou fèrri,
Lou fum e li trǫn,
Su 'no draio
De mitraio
Pòutiron de front.

Dau! dau! Prouvençau!

L'auto colo
N'en tremolo;
Arribon amount,
Bouié 'n tèsto!
Queto fèsto
A cop de canoun!

Dau! dau! Prouvençau!

Chasque drole
A di : — Vole
Parti lou proumié! —
En Prouvènço,
La jouvènço
Sian un fourniguié.

Dau! dau! Prouvençau!

Bœufs, jumarts, dans le fer, la fumée et les tonnerres, sur un chemin de mitraille tirent de front.

Sus! sus! Provençaux!

La haute colline en tremble; ils arrivent à la cime, bouvier en tête! Quelle fête à coups de canon!

Sus! sus! Provençaux!

Chaque garçon a dit : — Je veux partir le premier! — En Provence, les jeunes nous sommes une fourmilière.

Sus! sus! Provençaux!

Pèr li vogo
S'en grand fogo
Sautan d'estrambord,
Em' l'enràbi
De l'Aràbi
Nous batren à mort !

Dau ! dau ! Prouvençau !

E la touso
Tant crentouso
Quand la calignan,
Amo forto
Nous tresporto
Aro que ié sian !

Dau ! dau ! Prouvençau !

Veici l'ouro :
Tout s'aubouro !
Lou jouvènt, l'aujòu,
Di barbare
Fau qu'apare
La patrio en dòu !

Dau ! dau ! Prouvençau !

Pour les fêtes votives, si en grande fougue,
nous bondissons d'enthousiasme, avec la rage de
l'Arabe nous combattrons à mort !

Sus ! sus ! Provençaux !

Et la jeune fille si timide quand nous la cour-
tisons, âme forte, nous exalte maintenant que
nous y sommes !

Sus ! sus ! Provençaux !

Voici l'heure : tout se lève ! Le jeune homme,
l'aïeul, il faut qu'ils défendent contre les barbares
la patrie en deuil !

Sus ! sus ! Provençaux !

An à glòri
La memòri
Di fatau coumbat :
Res à rèire !
Volon vèire
Ounte sian toumba.

Dau ! dau ! Prouvençau !

Coumençanço
De la danso,
Batès, tambourin !
I jour negre
Voulèn segre
Vòsti gai refrin.

Dau ! dau ! Prouvençau !

Fres siblaire
Di vièis aire,
Jougas, fifre clar,
Uno aubado
A l'armado
Di nouvèu sóudard.

Dau ! dau ! Prouvençau !

Ils ont à gloire la mémoire des fatals combats ;
nul en arrière! ils veulent voir où nous sommes
tombés.

Sus ! sus ! Provençaux !

Commencement de la danse, battez, tambou-
rins ! aux jours noirs nous voulons suivre vos
gais refrains.

Sus ! sus ! Provençaux !

Frais siffleurs des vieux airs, jouez, fifres
clairs, une aubade à l'armée des nouveaux
soldats.

Sus ! sus ! Provençaux !

20.

Em' un rire
Bèu d'aubire,
Van au tuadou :
Li feroujo
Braio roujo
Tuon, chaplon tout!

Dau ! dau ! Prouvençau !

Quand de milo
Dins li vilo,
Li champ e li bos ?
Alemagno,
A l'eigagno
Blanquejon tis os !

Dau ! dau ! Prouvençau !
Dau ! dau ! à l'assaut !
Dau ! dau !

Avec un rire plein de bravoure, ils vont à la tuerie : les farouches culottes rouges tuent, massacrent tout!

Sus! sus! Provençaux!

Combien de milliers dans les villes, les champs et les bois? Allemagne, à la rosée blanchissent tes os!

Sus! sus! Provençaux! Sus! sus! à l'assaut! Sus! sus!

I FELIBRE

Se nous sian rescountra sènso plega li ciho,
Sus li cimo, au trelus dóu soulèu, au trelus
Enca mai plen d'uiau de l'auto pouesio,
      Aro nous separaren plus.

D'abord qu'avèn au cor uno egalo arderesso
Pèr li glòri couchado e pèr lou fièr passa,
Dins la memo cresènço e la memo tendresso,
      Ami, tenen-nous embrassa.

Aparen nosto lengo, e que noste vers bounde !
Quand li pople s'envan ounte degun lou saup,
Emé l'aflat de Diéu, à la fàci dóu mounde,
      Canten lou païs prouvençau !

AUX FÉLIBRES

Si nous nous sommes rencontrés sans plier les paupières, sur les sommets, au rayonnement du soleil, au rayonnement encore plus rempli d'éclairs de la haute poésie, maintenant nous ne nous séparerons plus.

Puisque nous avons au cœur une ardeur égale pour les gloires couchées et pour le fier passé, dans la même croyance et la même tendresse, amis, tenons-nous embrassés.

Défendons notre langue, et que notre vers bondisse !... Quand les peuples s'en vont, nul ne sait où, — avec l'aide de Dieu, à la face du monde, chantons le pays provençal !

ENSIGNADOU

TABLE

ENSIGNADOU

TABLE

FIN

FIN